D0656491

Made in Auroville, India

roman

Catalogage avant publication de BAnQ et Bibliothèque et Archives Canada

Patenaude, Monique
Made in Auroville, India : roman
Éd. originale: 2004.
Texte en français seulement.
ISBN 978-2-89031-670-6
I. Titre.

PS8631.A83M32 2009 C843'.6 C2009-942037-6
PS9631.A83M32 2009

Nous remercions le Conseil des Arts du Canada ainsi que la Société de développement des entreprises culturelles du Québec de l'aide apportée à notre programme de publication. Nous reconnaissons également l'aide financière du gouvernement du Canada par l'entremise du Programme d'aide au développement de l'industrie de l'édition (PADIÉ) pour nos activités d'édition.
Gouvernement du Québec – Programme de crédit d'impôt pour l'édition de livres – Gestion SODEC.

Mise en pages : Eva Lavergne
Maquette de la couverture : Raymond Martin
Illustration : Monique Patenaude

Distribution :
Canada
Dimedia
539, boul. Lebeau
Saint-Laurent (Québec)
H4N 1S2
Tél. : (514) 336-3941
Téléc. : (514) 331-3916
general@dimedia.qc.ca

Europe francophone
D.N.M. (Distribution du Nouveau Monde)
30, rue Gay Lussac
F-75005 Paris
France
Tél. : (01) 43 54 50 24
Téléc. : (01) 43 54 39 15
www.librairieduquebec.fr
Représentant éditorial en France : Fulvio Caccia

Dépôt légal : BAnQ et B.A.C., 4e trimestre 2009
Imprimé au Canada

Les Éditions Triptyque
2200, rue Marie-Anne Est
Montréal (Québec) H2H 1N1, Canada
Téléphone : 514-597-1666
Courriel : triptyque@editiontriptyque.com
Site Internet : www.triptyque.qc.ca

Monique Patenaude

Made in Auroville, India

roman

Triptyque

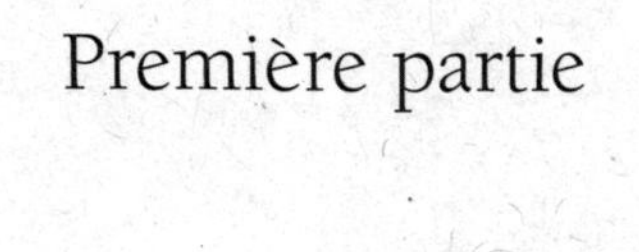

Première partie

La peur

Je ne pourrais avoir la foi qu'en un Dieu qui danse.

Nietzsche

Le chauffeur de taxi marchait devant la jeune femme. Il lui ouvrit la porte de l'urgence de Jipmer, un hôpital du sud de l'Inde à proximité de Pondichéry. Les néons emplissaient la salle d'attente d'une lumière verdâtre qui affecte peu le teint brun des Tamils, mais altère les peaux blanches. La jeune femme tendit l'argent, que le chauffeur accepta sans le compter. Il avait vu ses yeux dans le rétroviseur. De la drogue ? Ou peut-être un homme ? Elle était jeune, seule. Les Indiens n'aiment pas que les jeunes femmes soient seules. Il fit un pas vers la sortie mais, se ravisant, se dirigea vers la réception et plaida avec force gestes qu'on s'occupe de sa cliente. L'infirmière toisa l'étrangère. Dans la vaste salle où tournaient à pleins tubes les ventilateurs de plafond, assis pêle-mêle, estropiés, femmes enceintes et enfants geignards se préparaient à passer la nuit.

— *Madam... Madam, please come*, appela l'infirmière.

— *Sèri, ama, sèri*, dit le chauffeur en croisant le regard de Lysiane, *it's OK*.

Dehors, le chauffeur retrouva son *Ambassador* noire. Une fois assis, il compta l'argent, le glissa dans sa poche de chemise, enfonça la clé. Une statue de Shiva Nataraj entourée d'une guirlande de fleurs défraîchies ornait le tableau de bord. Le chauffeur aussi s'appelait Shiva. Il joignit les paumes, inclina la tête et pria pour la *vélakashi* étendue là-bas derrière les épais rideaux verts.

*

À dix kilomètres de Pondichéry, près de Jipmer, se trouvait Auroville, vaste étendue semi-désertique entrecoupée de canyons, de palmeraies et de quelques villages parmi les plus pauvres et les plus dégénérés de l'Inde. Pendant que la France montait aux barricades, que les chars russes entraient dans Prague, pendant que les G.I. bombardaient Hanoi, des centaines de jeunes Occidentaux envahissaient le plateau usé de latérite rouge. Pas de route, pas de maisons, pas de puits. Avec l'aide indispensable des villageois tamils, les vélékarans les plus braves, les plus sincères ou les plus fous se mirent à la barre à mine, à la pâte à pain et à la planche à dessin. Ils étaient venus bâtir un rêve : une ville sans armée, sans police, sans loi. Une ville qui appartenait à l'humanité entière. Beaucoup repartirent, quelques-uns restèrent. Des arbres se mirent à pousser, des huttes au toit de chaume parsemèrent bientôt des champs moins nus où fleurissaient bougainvilliers et frangipaniers. Et doucement arrivèrent les oiseaux.

Un jour de février 1977, une jeune femme prit le chemin qui montait de la mer vers le plateau désertique. Tout au haut de la piste sablonneuse, elle s'arrêta : au-delà des rizières, des maisons, des palmeraies, la terre rouge se jetait dans une mer encore plus bleue que le ciel. Puis, passé le village tamil de Kuilapalayam, elle ne vit plus rien qu'une route de gravier nue. Était-ce vraiment la route ? Bien plus loin, la jeune femme aperçut une structure géante hérissée de tiges de fer et, tout en bas, des toits de chaume chargés de fleurs. Auroville existait, Auroville était là. Tout était possible. « Libre, pensa-t-elle, je suis libre. »

Six mois plus tard, la jeune femme quittait sa chambre d'Aurovilienne pour un *guesthouse* de Pondichéry. Elle était livide et amaigrie. La fixité de son regard et la lenteur de ses gestes inquiétaient. Même à Pondichéry, elle ne se remit pas. Après avoir lutté seule des jours et des nuits, après avoir mendié l'aide de tous ceux qui auraient pu la secourir, la jeune femme fiévreuse et paniquée demanda à un chauffeur de taxi de la conduire à l'hôpital de Jipmer. Elle savait que là, on l'enfermerait.

*

Lysiane ne bougeait pas. À plat ventre sur le lit roulant de l'urgence, elle attendait. Elle attendait que quelqu'un la regarde, lui parle, l'empêche de partir. Elle ne voulait plus céder à la peur. Elle ne voulait plus s'enfuir comme elle l'avait fait en quittant Auroville, puis comme elle l'avait fait à Pondichéry en escaladant en pleine nuit le mur du *guesthouse*. Elle pressa sa joue sur le drap blanc, s'apaisa : « N'aie pas peur. Ça va s'arrêter, ça ne peut pas ne pas s'arrêter. » Mais son cœur n'était plus qu'un trou noir, ses nerfs brûlaient, sa pensée déraillait.

Elle serra davantage son corps contre le lit. Ce corps était son seul et dernier abri contre les forces adverses, ces forces qui, à la moindre faille, s'introduisent en vous, à votre insu, et se servent de vous comme d'un esclave. N'était-ce pas ces forces qui remplissaient son esprit de suggestions malsaines et tissaient leur piège de folie et de mort autour d'elle ? Elle essaya une fois encore de réfléchir. Pourquoi avait-elle si peur ? Même si ces forces existaient, pourquoi se seraient-elles attaquées à elle ? Et même si cela était, la Conscience aussi existait, elle le savait bien. La Conscience ne l'abandonnerait pas, elle ne pouvait pas l'abandonner.

Un médecin tamil s'approcha du lit, balbutia quelques mots incompréhensibles et, ne sachant que faire d'elle, repartit.

Lysiane serra à pleines mains les montants du lit.

*

En entrant dans le couloir de l'urgence, Richard remarqua tout de suite la main blanche crispée sur le métal. Il nota la finesse du poignet. Le bras était jeune. Une masse de cheveux bruns cachait la figure. La jeune femme portait une robe de coton brodé. « *Made in Auroville* », pensa-t-il. On était venu le chercher à sa chambre de résident : une *French girl* venait d'arriver à l'urgence, en mauvais état. Histoire de drogue, sans doute, ou peut-être de viol.

— Ça ne va pas ?

La main se décrispa. Le médecin parlait français.

— Qu'est-ce que vous faites ici, au bout du monde ?

Lysiane se retourna. Il portait un sarrau blanc et une cravate à rayures rouges, de grosses lunettes rondes, et son crâne était déjà un peu dégarni.

— J'habite à Auroville.

Il avait les yeux bleus.

— ...Je m'intéresse au yoga.

Il la regarda...

— Moi aussi, je fais du yoga, dit-il doucement.

On ne l'avait pas abandonnée. Elle se souleva lentement et s'assit, les jambes ballantes, devant le jeune médecin qu'elle regarda fixement.

— Vous faites du yoga? répéta-t-elle.

Il crut distinguer l'accent.

— Vous êtes québécoise?

Elle fit signe que oui. Une grande fatigue l'envahit. Les nerfs se relâchaient, le cœur battait presque normalement.

— Je suis français, dit Richard. J'étudie la médecine tropicale. J'ai choisi Jipmer parce que c'est près de l'ashram de Pondichéry. Qu'est-ce qui ne va pas?

Elle avait le cerveau détraqué. Ne savait pas pourquoi. Des pensées atroces la poursuivaient. Elle avait peur, tout le temps peur.

— De quoi? demanda le médecin.

— De tout. Des vampires. Je ne tiens plus en place. Je suis branchée sur l'horreur.

Les cernes étaient profonds, la peau un peu grise malgré le hâle. Il eut envie de la prendre dans ses bras.

— Vous êtes en Inde depuis longtemps?

La question la troubla. Des larmes montèrent à ses yeux qu'elle baissait maintenant.

— Je suis venue ici parce qu'au Canada je n'en pouvais plus. Il fallait que quelque chose se passe.

« Un vaccin contre le désespoir, ça n'a pas encore été inventé », pensa Richard.

— Bien, c'est réussi ! lança-t-il, l'air malin.

Un sourire se mêla aux larmes.

— Est-ce qu'il vous est arrivé quelque chose de précis ?

— Non.

— Pas de drogue ?

— Je ne prends jamais de drogue.

Elle leva les yeux.

— Il faudrait qu'il se passe autre chose maintenant, et vite, parce que je n'en peux plus.

Il hésita, posa la main sur son épaule.

— Ça va aller. Il faut juste tenir le coup. On ne va pas t'abandonner comme ça.

Il sourit avec tant de douceur.

— Je m'appelle Richard.

Lysiane n'était plus tout à fait seule.

*

Au début de la nuit, un infirmier lui demanda de le suivre. Lysiane, qui attendait ce moment depuis des heures, hésita. Elle le suivit pourtant dans un dédale d'ascenseurs et de couloirs qui les mena au département de psychiatrie. L'infirmier choisit une clé dans son énorme trousseau et ouvrit une lourde porte. Comme Lysiane n'avançait pas, il se tourna vers elle. Elle baissa les yeux. Son cœur battait si fort que lui aussi devait l'entendre. Elle pouvait encore partir… Elle regarda l'infirmier mais il avait à son tour baissé les yeux. Lysiane fit quelques pas et entendit le bruit de la porte qu'on refermait derrière elle. À double tour.

Le département de psychiatrie était plongé dans une demi-obscurité. Au bout d'un couloir, une lumière crue éclairait des corps de femmes enveloppés de tissus bigarrés mêlés les uns aux autres à même le sol. Les femmes, engourdies de sommeil, se recroquevillèrent pour livrer passage à la jeune femme accompagnée de l'infirmier. Il lui indiqua une pièce sans porte :

— *That's your room. I'll bring you something to sleep.*

Une pièce fraîchement chaulée, un lit en fer, une table basse, une chaise. Les voix des femmes montèrent. Elles s'interrogeaient sur l'arrivée d'une *vélakashi* dans cet endroit. Les plus jeunes s'étaient redressées pour mieux observer la scène. Les vieilles s'étaient juste accoudées. Elles regardaient sans sourciller, sans rire, elles regardaient. Lysiane se réfugia dans le corridor de sa chambre qui menait aux toilettes et à la douche. Entre les deux entrées, on avait accroché un miroir. Lysiane avait peur des miroirs, peur de ce qu'elle aurait pu y voir. Elle plongea la main dans la poche droite de sa robe et compta les citrons. « Il y a des vampires autour de vous », avait dit le voyant de Pondi en lui remettant trois citrons qui, sous aucun prétexte, ne devaient la quitter. La jeune femme s'obligea à regarder dans la glace ; elle sursauta, même si elle n'y aperçut que sa propre image.

La salle des toilettes n'était pas éclairée. Tant pis. Mais il y avait une chasse, un luxe dans ce pays. « C'est à cause de ma peau blanche qu'on me traite comme ça. » Elle fit couler de l'eau dans le *mug*. On n'avait pas poussé l'obligeance jusqu'à fournir le papier hygiénique. Elle repassa devant le miroir et revint près du lit. Une fenêtre à carreaux donnait sur des toits entourés d'un muret qu'on distinguait dans le clair de lune. « Je vais dormir avec ma robe, pensa-t-elle. Dormir à tout prix. »

Vite revenu, l'infirmier lui tendit une jaquette blanche d'hôpital, une capsule rouge et un verre d'eau.

— Je ne veux pas d'eau.

— *It's good water, Madam. Filter, filter.*

L'infirmier souriait de ses innombrables dents blanches. Elle but. En partant, il ajouta :

— *I'll turn off the light now.*

Les femmes caquetaient encore. Il les fit taire. Lysiane se glissa sous le drap, mais se releva aussitôt. Elle prit les trois citrons, les plaça sous son oreiller et se recoucha. La présence des femmes ne la gênait plus ; au contraire, elle la confortait. Ces femmes de chair seraient ses anges gardiens. Elle essaya de prier la Conscience infinie que toute l'Inde appelle Mâ, Dieu la Mère, comme elle s'était parfois amusée à la nommer. Mais ce soir-là, le sens de l'humour lui faisait défaut. Elle ne réussit qu'à crier : « J'ai mal, Mère, mal, mal. »

*

Le matin en Inde, à cinq heures, le muezzin monte au minaret et entonne bien haut des versets du Coran. Une demi-heure plus tard, le brahmine de service pousse le bouton du magnétophone et les haut-parleurs du temple entonnent encore plus fort les versets sanskrits de l'hindouisme. Dans toutes les villes, c'est le même rituel. Mais dans les campagnes, le rituel varie. À l'aube, après le chant des coqs, juste avant celui des oiseaux, on entend les craquements lointains des chars à bœufs qui caracolent sur les routes de terre ou d'asphalte pleines de trous. Parfois s'y ajoutent en ponctuation les cris de leurs conducteurs qui fouettent leurs bêtes ou leur chatouillent l'anus pour les faire avancer. Sur les seuils, sur les bancs des *tea shops*, les milliers d'itinérants étirent leurs corps maigres et récitent quelques mantras. Dans les maisons au sol de terre battue traité à la bouse de vache, un antiseptique économique, les corps se desserrent les uns des autres, se soulèvent, replacent leurs vêtements. D'un geste bref, on arrache une poche de jute qui obstruait un trou clair creusé à même le mur de terre.

Ce matin-là, Richard se réveilla donc au chant des coqs et revit tout de suite le visage de Lysiane. Ses quatre mois de stage à Jipmer ne l'avait pas trop rassuré sur les pratiques de la médecine indienne. « La connaissance est là, pensait-il, mais il y a trop de monde dans ce pays, la vie humaine ne vaut plus rien. » Il ouvrit la douche. Pas d'eau chaude. « Tant pis, tant mieux. On se fait à tout ou presque. C'est ça le danger. Vive l'Europe, sourit le jeune médecin, tout de même sceptique. On ne perd peut-être rien pour attendre. » Son attention revint à Lysiane. « Il ne faut tout de même pas qu'elle reste ici, on ne sait pas ce qui pourrait arriver. Personne ne comprend les maladies mentales, pas plus ici qu'ailleurs. Pas de drogue, pas de viol, pas de drame sentimental... non, apparemment non. Alors quoi ? Elle fait du yoga. Qu'est-ce qu'ils disent de ça, les yogis ? » Il essaya de se remémorer ses lectures. « Déséquilibre des énergies, tentatives de possession, blocage des chakras. Ce n'est sûrement pas le Largatyl qui peut débloquer les chakras. Elle devrait peut-être rentrer au Canada. » Il finit de nouer sa cravate, enfila son sarrau. Il remarqua qu'il avait vieilli depuis quatre mois, et prit la direction du département de psychiatrie.

Dans le couloir étroit, les corps endormis montaient toujours la garde à l'entrée de la chambre. Il lui fallut les enjamber. Lysiane dormait. Il attendit. Les corps remuèrent derrière lui, quelqu'un chuchotait, des murmures glissaient au ras du sol.

En revenant à sa conscience de veille, avant même de rouvrir les yeux, Lysiane se sentit bien. Cela dura dix, quinze secondes. Le temps que le cerveau se mette en marche, que la mémoire s'active. « C'est le cerveau qui est malade, pas la conscience », eut-elle juste le temps de noter.

— Ça va ?

Elle tourna vivement la tête. Richard se tenait dans l'embrasure de la porte.

— En tout cas j'ai bien dormi, répondit-elle.

Un silence suivit.

— Qu'est-ce que je peux faire pour toi ? dit Richard, simplement.

— Demande aux Auroviliens de venir, demande-leur de venir me voir. J'habitais au Centre, près du Matrimandir.

— D'accord. Je te promets de le faire aujourd'hui. Je commence mon travail dans dix minutes, je dois y aller. Prends soin de toi.

Elle aurait voulu qu'il reste.

— Ne t'en fais pas. Avertis-les quand tu pourras.

Richard quitta le département à grands pas. Il avait une action à faire, une action concrète, et, en bon Occidental, cela le rendait heureux. Aujourd'hui, il savait pourquoi il existait. Il était le chaînon nécessaire. Inutile à la jeune femme comme médecin, il ne le serait pas comme homme, quelle que soit l'humilité de sa tâche.

Lysiane ne reverrait plus Richard.

*

Les femmes avaient quitté le couloir. Lysiane regarda les murs nus de sa chambre. Elle ne servait à rien. Pourtant, en allant à Auroville, elle avait voulu servir, elle avait sincèrement voulu servir la Conscience. Alors... pourquoi? Elle se leva, s'engagea dans le corridor. Un peu plus loin, dans un vaste dortoir, des corps maigres allongés ou assis s'attardaient encore sur des lits de fer tous pareils au sien. Lysiane revint à sa chambre et s'assit comme eux, les jambes repliées à l'indienne. Le cœur lui faisait mal. Elle avait dû se tromper, pensait-elle, commettre une erreur. Mais quand? Où?

Quelques mois plus tôt, la jeune femme marchait encore dans la neige qui tombait sur Montréal. Elle avait vingt-six ans. Et une impression d'absence jusqu'au fond du corps. Ça ne pouvait pas être ça, la vie. Elle ne s'habituerait pas, elle ne pouvait pas s'habituer, elle ne voulait pas s'habituer. Elle grimpa deux à deux les marches conduisant à son appartement, puis s'attarda sur le balcon à regarder la tempête. « Ce qui est intolérable, se dit-elle en enfonçant ses mains nues dans la neige, c'est de savoir que le Divin est là et de ne rien sentir. » Croire ne suffisait pas, il fallait être. C'était ça, la vie.

Des lumières s'allumaient dans les maisons d'en face. La jeune femme leva les yeux vers un ciel uniformément gris. Pourquoi hésitait-elle? Pourquoi ne pas faire tout ce qui lui était possible pour trouver la Conscience? L'Amérique était dure, implacablement matérialiste. Mais l'Inde… l'Inde n'avait pas encore tué Dieu. C'était le pays des rishis, des sanyassins, des yogis, le pays de Sri Aurobindo, dont les écrits avaient été pour Lysiane la première réponse sensée à l'absurdité terrestre. Un grand oui au milieu de tous les non assassins. L'Inde, c'était des millénaires de mantras et d'illuminations, il devait bien en rester quelque chose.

Et c'était aussi Auroville. Mira Alfassa, « La Mère », Française d'origine, avait vécu plus de cinquante ans à Pondichéry. C'est elle qui avait conçu et créé Auroville ; elle en avait parlé comme d'une aventure. Elle avait donné aux hommes un espace libre, sans lois, sans propriétaires, sans structure établie. Qu'allaient-ils en faire ? « Les mêmes vieilles bêtises, avait un jour répondu Philippe, le frère de Lysiane. Ce sont les mêmes vieux hommes, que veux-tu qu'ils fassent de neuf ? Je parie qu'ils voudront tous devenir président-directeur général ! » Lysiane savait que la remarque était pertinente. « Mais justement, avait-elle répondu, le vrai défi, c'est de changer les hommes. » Auroville n'était pas une affaire d'architecture ou de sociologie mais un problème de yoga, un problème de changement de conscience, un problème d'évolution. La Mère n'avait jamais garanti la réussite de l'entreprise. Autrement, où aurait été l'aventure ?

Lysiane tourna le dos à la tempête et rentra dans un appartement calme et chaud. Sans même retirer son manteau, elle chercha un numéro dans le bottin, décrocha le téléphone et composa. L'agent de voyage réserva un billet pour le vendredi suivant, une semaine plus tard, exactement. Lysiane nota l'heure et le numéro du vol au babillard suspendu au-dessus de l'appareil. Sur un bout de papier épinglé là des mois plus tôt, elle lut : « *Everything is possible, if God's touch is there.* » C'était de Sri Aurobindo.

Une infirmière entra dans la chambre. Elle déposa un plateau sur la table.

— *Are you hungry ?*

— Non, pas vraiment.

— *Did you sleep well ?*

— *Yes.*

— *Good, very good. Today you will see a doctor.*

« Un docteur... » se répéta intérieurement Lysiane. Elle n'avait même pas pensé aux docteurs.

— Est-ce que je pourrais avoir du papier à lettres ?... ou un aérogramme ? Je voudrais écrire à ma famille.

— *I'll find something for you*, répondit distraitement la jeune Tamile.

Lysiane insista.

— Je peux vous donner l'argent. Ça coûte trois roupies. Vous pourrez me l'apporter demain.

— *OK. I'll find something.*

Lysiane donna dix roupies et remercia. L'infirmière quitta la chambre. Lysiane regarda de nouveau les murs blancs et vides. Elle s'assit près de la table, goûta au thé et se mit à pleurer.

*

À la fin de l'avant-midi, Richard, qui devait avoir vu vingt-cinq enfants infectés dans sa matinée, décida de se rendre à Auroville sur son temps de repos. De Jipmer au chantier du Matrimandir, cela devait faire sept à huit kilomètres ; en moto, compte tenu des bosses, des trous, des chars à bœufs et des imprévus, quinze minutes. Il avait une Radjoot noire, lourde, parfaitement adaptée au terrain. La route asphaltée menait aux abords d'Auroville. Après, on circulait sur les pistes rouges creusées par les eaux de pluie en saison humide, toujours sablonneuses en saison sèche. Richard était allé deux fois à Auroville mais il n'y connaissait personne. Toutes sortes d'histoires circulaient à Pondichéry et même parmi le personnel de Jipmer au sujet des jeunes hurluberlus qui habitaient sur ce plateau encore désertique malgré de considérables efforts d'irrigation et de reboisement. Drogue, sexe, et puis, depuis le départ de la Mère, en 1973, le conflit de plus en plus violent entre des Auroviliens rebelles et les administrateurs de la *Society* qui se disait propriétaire d'Auroville. L'idéal d'unité humaine en prenait un coup.

Richard quitta la route asphaltée pour une route de terre battue. À l'approche du village d'Edayanchavadi, près du centre d'Auroville, il rencontra deux petites chèvres en fuite et évita de justesse un chien galeux assoupi au milieu de la piste. Des enfants nus faisaient rouler de vieux pneus au moyen de petites branches. Ils quittèrent leur jeu pour courir derrière la moto et scander à tue-tête « *vélakaran, vélakaran*, homme blanc, homme blanc ». À l'entrée de huttes chambranlantes, des femmes accroupies riaient déjà trop fort, mais la moto vira brusquement à gauche, laissant le village à la poussière et à l'oisiveté. À l'horizon, des tiges de fer quadrillaient le bleu du ciel. Quatre piliers de béton armé s'enfonçaient dans la terre rousse du plateau. La construction insolite ne serait ni cubique ni rectangulaire mais plutôt sphérique. Richard s'approchait du chantier du Matrimandir (*matri*-mère, *mandir*-temple), qui devait être l'âme d'Auroville. Il ne voyait pas tellement la relation entre une structure de béton, fût-elle sphérique, et une âme mais, somme toute, il ne savait rien des âmes et il lui était sympathique, ce chantier surréaliste. Vers midi, soleil au zénith, rien n'y bougeait hormis quelques corbeaux. Richard immobilisa sa moto et se reposa sous le banian à proximité, cet arbre dont les branches-racines plongent vers le sol. De la structure, maintenant toute proche, se dégageait un formidable magnétisme. Richard eut un vertige. Il détourna la tête : il ne pouvait pas raisonnablement venir habiter Auroville. Plus loin, derrière des frangipaniers en fleurs et un rideau d'eucalyptus, il entendait le bruit de *thalis*, ces couverts d'acier inoxydable utilisés partout en Inde. Il suivit leur écho et découvrit bientôt un sentier menant à la salle à manger.

À l'entrée d'un bâtiment en dur, une trentaine de personnes, presque toutes jeunes, faisaient la queue, plateau en main, devant une table en bois massif chargée de chaudrons. En bout de file, Richard remarqua une fille basanée et lui demanda si elle connaissait une certaine Lysiane.

— Je suis touriste, répondit-elle en anglais américain. Il faudrait demander à... lui, ajouta-t-elle en pointant son deuxième voisin déjà intéressé par la conversation.

— Tu cherches quelqu'un ? Parce qu'à cette heure-là, presque tout le monde est ici. On vient chercher la bouffe.

Il était aussi cuivré qu'un Indien d'Amérique, portait un bandeau enroulé autour du front, un chandail troué, et avait l'accent d'un titi parisien. Richard se sentait un peu mal à l'aise au milieu de cette foule hétéroclite mais il trouva à son compatriote une bonne tête. L'œil pétillait, ironique.

— Vous connaissez Lysiane ? demanda Richard.

— Lysiane ? Elle travaillait au Matrimandir, mais ça fait longtemps qu'on ne l'a pas vue. Elle est partie, non, la petite Canadienne? demanda-t-il à tout le monde en haussant la voix.

— Elle est à l'hôpital, répondit Richard plus sobrement. Elle ne va pas bien, ajouta-t-il discrètement.

— Ah ! Qu'est-ce qu'elle a, la pauvre chouchoune ? gueula l'autre.

— Je ne sais pas. Mais est-ce qu'elle n'avait pas des amis ? Des gens qui travaillaient avec elle ou… ?

— Ouais, Christophe, je crois. Regarde, je vais te montrer, il habite là-bas. Tu prends le chemin, tu tournes à gauche et puis tout droit. Tu ne peux pas te tromper.

Richard se mit en route sans être très rassuré. Il arriva bientôt à un grillage de métal muni d'une porte. Il la poussa, elle s'ouvrit. Au milieu d'arbustes, il entrevit une construction baroque à deux étages, ni maison ni hutte, qu'il dut contourner pour découvrir l'entrée. « Ça ressemble à une maison de Schtroumpfs », pensa-t-il. Au même moment, une bande d'oies excitées suivies de quelques pintades et d'un dindon l'assaillirent dans un effrayant vacarme.

— Il y a quelqu'un ? lança une voix de l'intérieur.

Richard n'osa pas refaire un pas.

— Ah ! Voilà pourquoi les oies s'énervent, dit le jeune homme qui venait d'apparaître dans la porte grande ouverte. Entre, entre. Bonjour ! C'est très bruyant des oies mais ce n'est pas bien dangereux ! Tu cherches quelqu'un ou tu es perdu ?

Encore un autre accent, pensa Richard. Peut-être hollandais ou… flamand.

— Je cherche Christophe.

Le jeune homme éclata de rire.

— C'est moi, Christophe.

Richard expliqua alors brièvement la situation. Christophe changea subitement d'humeur. Il fit asseoir le visiteur, lui offrit du thé.

— Il y a bien deux semaines qu'elle est partie, dit-il enfin. Je la croyais à Pondi.

— Elle est arrivée hier soir à l'urgence, précisa Richard. Je suis étudiant en médecine tropicale, je ne connais rien à la psychiatrie, mais comme elle parlait français, les médecins sont venus me chercher. Ce matin, elle m'a demandé d'avertir les Auroviliens. Je crois qu'elle a besoin de vous.

Christophe mit de l'eau à bouillir sur un réchaud à gaz.

— Il vaudrait mieux la sortir de là, ajouta Richard. Elle ne pourrait pas revenir ici ?

Christophe, visiblement inquiet, essayait de réfléchir.

— Je ne sais pas, dit-il. C'est elle qui est partie.

Et un peu pour lui-même ou pour elle :

— C'est dur, Auroville.

Le médecin n'avait aucun mal à le croire.

— Elle m'a assuré qu'elle n'avait pas pris de drogue, souligna-t-il d'un ton que Christophe crut interrogateur.

Il eut un sourire sarcastique.

— Ah ! La réputation des Auroviliens de tous se droguer !

Il regardait tranquillement Richard mais il mordait dans ses mots :

— Cette fille-là est arrivée ici il y a six mois, peut-être sept, et tous les jours, huit heures par jour, sauf le dimanche, elle a travaillé au Matrimandir. Elle vissait des boulons ou attachait des tiges de fer là-haut sur la structure. Et les jours de bétonnage, elle transportait le ciment sur les échafaudages. Et les jours d'après, elle nettoyait les planches des coffrages. Et la nuit, elle faisait des gardes. Alors...

Il s'arrêta un moment puis enchaîna plus posément :

— Un jour, on a rigolé tous les deux. On s'est dit qu'on avait trouvé l'emploi parfait pour devenir de grands yogis. Ça prend un tout petit peu d'énergie mentale pour bien enrouler le fil de métal autour des tiges de fer... (Il jeta un coup d'œil à son interlocuteur, se demandant ce qu'il savait du yoga.) ...alors on peut utiliser tout le reste pour se concentrer.

— Je fais du yoga moi aussi, dit Richard qui avait deviné Christophe.

— Seulement, continua ce dernier, plus à l'aise, je ne suis pas certain que ce soit aussi simpliste.

Il s'arrêta puis enchaîna d'un air plus grave :

— À un moment donné, on a manqué de matériel pour la poursuite des travaux là-haut et Lysiane est allée travailler dans la cour. Elle n'aurait peut-être pas dû. Elle était souvent seule, à plier des barres de fer. Pourtant, elle avait l'air heureuse mais... maintenant je me rappelle qu'elle mangeait de plus en plus souvent en silence, dans son coin. Et puis, trop de gardes de nuit.

Il soupira, refusant de chercher plus longuement des causes.

— Je sais que son billet de retour pour le Canada est périmé ; elle avait décidé de rester ici. Je crois qu'elle a une très grande aspiration. Mais elle a peut-être forcé un peu la note.

Il se leva et prépara le thé.

— C'est très difficile à Auroville actuellement. Il n'y a même plus d'argent pour acheter le matériel de construction ; on a arrêté presque tous les travaux au Matrimandir. Même pas d'argent pour manger correctement : pas de légumes, pas de fruits. Bien sûr, on n'est pas pires que les Tamils. Seulement, eux, ils ont de l'entraînement !

Il marqua un temps et reprit :

— Il y a aussi la bagarre avec la *Society*. Tu as dû en entendre parler.

Richard fit signe que oui. Il avoua qu'il n'y comprenait pas grand-chose et demanda :

— Les gens de la *Society*, ils ne sont pas aurovi-liens ?

— Quelques-uns, répondit Christophe. La plupart d'entre eux se déclarent auroviliens mais ils habitent à Pondi.

Le médecin parut encore plus perplexe :

— Je ne suis pas venu pour parler de ça mais qu'est-ce que c'est que cette *Society* ?

Christophe le regarda. Le Français lui plaisait bien avec sa manie de relever ses lunettes.

— La *Society*, répondit-il, a été fondée dans le but de recueillir des fonds pour l'ashram bien avant la création d'Auroville. Elle a été fondée par des hommes d'affaires, certains disent des escrocs, mais disons des hommes d'affaires disciples de Mère qui aurait, dit-on, accepté la formation de la *Society* à condition, et seulement à cette condition, d'en être présidente. Dans les années soixante, quand il a été question de créer Auroville, cette même *Society*, qui depuis ses débuts s'était développée et avait déjà des centres un peu partout en Inde et même à travers le monde, a offert de recueillir les fonds nécessaires pour démarrer et développer le projet de la ville. Il fallait de toute façon un organisme légal pour satisfaire aux lois indiennes dans les processus d'achat des terres et de gestion des dons et des subventions, enfin, tout le fatras administratif. Mais « à l'interne », on s'entendait sur le fait qu'Auroville n'appartenait à personne. Mère l'avait d'ailleurs écrit dans le premier article de la Charte : « Auroville n'appartient à personne en particulier mais à l'humanité dans son ensemble. » Et tout le monde avait, bien sûr, accepté la Charte ! »

— La *Society* est donc vraiment propriétaire d'Auroville ? demanda Richard.

Christophe sourit :

— Non, pas « vraiment », légalement.

Richard sourit à son tour.

— Les propriétaires vous font des ennuis ?

— Oui, répondit le Belge, mais on leur en fait tout autant, sinon plus !

Le médecin regarda sa montre.

— Je voudrais bien en savoir davantage, mais je vais me mettre en retard.

Il reprit tout de même une gorgée de thé.

— Ce ne serait pas cette bataille qui a troublé Lysiane ?

— Je ne sais pas. Difficile à dire, réfléchit tout haut Christophe. Évidemment, l'atmosphère est plus que tendue. On prend pour un parti ou l'autre. Il y en a qui essaient de ne pas le faire. Pour des banalités, les gens s'accusent mutuellement de collaborer avec les forces hostiles. Il faut des nerfs solides et un grand sens de l'humour, sinon...

Christophe remplit à nouveau les tasses de thé et continua :

— Ce n'est peut-être pas ça du tout. Il ne faut pas oublier qu'elle fait du yoga. Et le yoga est un processus accéléré d'évolution. Seulement, quand il y a une trop grande résistance quelque part, c'est bien connu, les plombs sautent. Ça lui serait sans doute arrivé de toute façon. Tous les grands maîtres avertissent leurs disciples que la quête spirituelle comporte des dangers. Je ne connais pas bien l'alchimie mais quand ils parlent de l'œuvre au noir, ça n'apparaît pas facile non plus.

— J'ai lu quelque part, dit Richard sans en être parfaitement convaincu, que notre être intérieur pouvait parfois prendre des raccourcis extrêmement risqués. Mais, s'empressa-t-il d'ajouter, si elle est sincère, elle devrait s'en tirer, non ?

— Je ne sais pas.

Les deux se turent un instant.

— Tu crois qu'elle est vraiment folle ? demanda le Belge avec un sourire qui n'y croyait pas du tout.

— Non ! s'exclama le médecin. Non, elle est lucide, elle parle correctement, mais au-dedans... Impossible de juger.

— Le malheur, c'est qu'à Auroville, il semble que les fous deviennent encore plus fous, remarqua Christophe, visiblement contrarié.

— Elle m'a dit être venue ici parce qu'au Canada elle n'en pouvait plus.

— Il faut bien être quelque part.

Après un moment, Richard demanda :

— Ça fait longtemps que tu es là ?

— Huit, neuf mois. Avant de monter à Auroville, je suis resté presque un an à Pondi.

— Tu vas rester ?

— On verra bien. En arrivant, j'ai suffoqué. En Belgique, j'avais lu sur Auroville. Des brochures, des revues avec des maquettes pleine page... J'imaginais une ville fantastique, magnifique, tu comprends ? Avec des jardins, des maisons ultramodernes, légères, suspendues dans les airs. Enfin, tu vois. Et les gens, des gens très, très, très évolués, des anges incarnés, des gens qui ne faisaient plus d'ombre. J'arrive ici : rien ! rien. Pas de buildings, pas d'arbres, pas de parcs, pas d'anges. La première personne que je rencontre au Matrimandir, c'est une sorte de grand-prêtre moyenâgeux habillé à l'indienne. Et les autres, les autres ne sont pas mieux que moi. Pas pire, pas mieux. L'humanité moyenne, quoi. En fait, c'est bien, comme ça je peux rester.

Il reprit son souffle.

— Et en prime, on a les termites, les scorpions, les scolopendres, les voleurs et les escrocs de la *Society*.

— Pourquoi tu restes ?

— Je te l'ai dit : il faut bien être quelque part. Il faut bien essayer. Et puis, il y a quelque chose en Inde qu'il n'y a pas en Europe. Tu sens ça ?

— Oui.

— L'Inde est au bout. C'est une question de vie ou de mort. Si rien ne se passe, on va tous crever. En Europe, on a encore du temps à perdre. En Amérique, on a encore du temps à perdre. Pas ici.

Le thé était bu. Richard devait retourner au travail. Christophe le rassura :

— Pour Lysiane, on va l'aider. J'irai et j'en trouverai d'autres pour y aller. Merci beaucoup d'être venu jusqu'ici.

Comme Richard se levait, Christophe demanda à la blague :

— Après tout ce que je t'ai raconté, ça ne te dit pas de venir à Auroville ?

— J'y ai pensé, dit Richard en remontant ses lunettes. Mais ça me donne le vertige. Pour un médecin, ce n'est pas très pratique.

— Ce n'est pratique pour personne. Tu n'as pas besoin d'être médecin, tu pourrais remplacer Lysiane pour transporter du ciment là-haut ! À quelle heure sont les visites à l'hôpital ?

— Entre quinze et dix-huit heures. Pour être franc, je ne fais pas tellement confiance aux psychiatres indiens.

*

Le psychiatre à la peau brune regardait Lysiane fixement, sans sourciller, avec des yeux ronds parfaitement déconcentrés. La jeune femme, depuis sa toute première rencontre avec les Tamils, avait été fascinée par leur aptitude à l'immobilité mentale. Elle ne savait pas s'il s'agissait d'une capacité naturelle à faire le vide ou d'une forme d'inertie cérébrale. Cette qualité, qui n'était peut-être qu'un défaut, leur permettait de résister à l'agitation mentale excessive des Occidentaux et de faire face, sans se fatiguer, sans s'irriter, aux situations les plus embarrassantes. Le médecin attendait donc, impassible, que Lysiane réponde à sa question.

Mais elle n'arrivait pas à croire qu'un Tamil puisse être psychiatre. Son discours n'allait ni avec sa voix ni avec ses gestes ni avec son corps. Il y avait là une aberration. D'ailleurs, les questions qu'il lui posait au sujet de ses relations avec son père faisaient bruyamment référence aux théories freudiennes et l'ennuyaient. Une fois passé l'agacement, Lysiane sourit : elle était venue de l'autre côté de la planète pour trouver le Divin, et c'est Freud qu'elle rencontrait au fond du Tamil Nadu. La situation était tellement saugrenue que, choqué, son cerveau se remit à fonctionner presque normalement.

— Tout le monde a des problèmes avec son père, mais je crois que ça n'a rien à voir avec ce qui m'arrive en ce moment, ou en tous les cas, pas directement, répondit enfin Lysiane. Et vous, ajouta-t-elle gentiment, vous n'avez pas de problèmes avec votre femme ?

Il répondit sans broncher.

— Oui, bien sûr, parfois.

Elle demanda encore :

— Vous avez des enfants ?

Touché. Ses enfants l'intéressaient beaucoup plus que les rapports familiaux ou les états d'âme de Lysiane. Il avait deux enfants.

— Vous les aimez beaucoup ?

— Han, dit-il en remuant la tête d'une oblique à l'autre.

Il redevenait indien. Le « ni oui ni non » oriental balayait d'un seul coup et la logique cartésienne et l'analyse psychanalytique. Elle lui demanda l'âge de ses enfants, et plus délicatement :

— Vous n'en aurez plus d'autres ?

— Non, dit-il, fier de lui. C'est fini, j'ai été opéré.

Elle hésita, puis :

— Je vous remercie beaucoup. Je crois que ça va aller mieux.

Elle se leva. Le psychiatre était conscient de l'absurdité de sa position. Mais content de se tirer à bon compte d'une entrevue ennuyeuse, il n'insista pas et se leva à son tour.

Dans le couloir, Lysiane se demanda ce qu'il allait mettre dans son rapport. Les Indiens, réfléchit-elle, avaient à leur compte les Védas et quelques millénaires de science spirituelle ; ils s'en remettaient pourtant à la psychanalyse pour traiter la folie. Elle n'espérait rien de Freud ni de ses disciples indiens, canadiens ou tanzaniens. Ils ne découvraient jamais que ce qu'ils voulaient découvrir. Le plus souvent, un fatras de clichés. Que son état actuel soit lié à ses relations passées avec son père ou avec les gènes de son arrière-grand-mère, elle n'en doutait même pas ; tout n'était-il pas lié ? Ce qui lui importait, ce n'était pas les causes, complexe d'Œdipe ou vies antérieures, mais le moyen de s'en sortir. Elle savait qu'elle n'avait pas de temps à perdre. Au tournant du couloir, elle revit soudain les regards désertés des enfants enfermés dans les hôpitaux psychiatriques où, étudiante, elle avait travaillé. Puis, les yeux clairs d'un jeune épileptique. Il ne comprenait pas pourquoi on l'avait mis en prison. Elle l'amenait jouer avec les autres enfants sur le gazon de l'hôpital. Il aimait le soleil. Jamais elle n'avait vu autant de douleur et de tendresse dans un même regard. Dans la salle où il fallait bien le ramener, il n'y avait rien, absolument rien. Combien de temps avait-il tenu ?

« Ils n'ont jamais guéri personne, se dit-elle, pas même les enfants. De quoi les guériraient-ils, ils ne savent même pas ce qu'ils ont. Ils ne savent pas, on ne peut rien leur reprocher, rien que leur prétention. Et moi non plus je ne sais pas. »

*

« Il ne me reste qu'à trouver le Divin, conclut Lysiane en regagnant sa chambre. Mais comment trouve-t-on le Divin dans un état pareil ? » Elle avait bien été saisie, même dans les pires moments d'angoisse, par des « états de grâce », mais ces états de grâce avaient été si fugitifs. Elle savait pourtant que tout est relatif et que le monde se transforme en ciel ou en enfer selon, parfois, un tout petit déplacement de conscience. Mais comment provoquer ce déplacement, comment sortir du cauchemar ? Quelques jours auparavant, alors qu'elle était encore à Pondichéry, elle s'était rendue au Samadhi, le tombeau de Mère et de Sri Aurobindo, toujours chargé de fleurs et d'encens. Elle s'y rendait souvent et y demeurait des heures, assise, immobile. Mais ce jour-là, dès son arrivée, elle avait vu une fleur. Rouge. Elle l'avait prise dans sa main. Lysiane n'était qu'un ramassis de souffrance, mais qu'importait sa souffrance : cette fleur-là existait. Et tout à coup... La joie ! Une avalanche de joie dans la tête, le cœur, le corps. Une allégresse ! « C'est Ça ! Ça que je cherchais, c'est pour Ça que je suis née. » Lysiane se rappelait très bien le cri jailli du fond de son corps en réponse à l'avalanche venue du fond du ciel : « Ça ! » L'allégresse annulait, annihilait la souffrance et la grisaille apparemment incurable qu'on appelle la vie. « Tout danse ! » L'univers, le même univers avec ses arbres, ses fleurs, ses maisons, ses hommes, était une seule et même danse. « Ça, l'amour. »

Quelques minutes plus tard, la grisaille s'était brutalement refermée sur elle, la laissant complètement déboussolée. « Pourquoi ? » Un tourbillon opaque et confus avait envahi à nouveau son cerveau. Des pensées, comme un essaim de mouches collantes. Et partout des frontières, dures, aiguës, incontestables.

Lysiane caressait le fer de son lit d'hôpital. Elle ne se faisait pas d'illusions, elle était tellement loin de la paix yogique. « Il faudrait que le Divin me trouve », murmura-t-elle.

Elle se tourna vers la fenêtre pour s'éloigner d'elle-même. Mais en plongeant les mains dans ses poches, elle buta sur les trois citrons défraîchis qu'elle traînait encore. On lui avait un jour raconté l'histoire d'une vieille Indienne qui adorait le Divin dans les trois petites pierres qu'elle traînait partout.

Elle déposa ses trois citrons en rang sur son lit. Elle n'arrivait plus très bien à se rappeler les paroles du voyant qui les lui avait donnés. Le fonctionnement de sa mémoire avait été altéré par ses états d'angoisse et le manque de sommeil des dernières semaines. Il ne restait que des parcelles de son passé récent. Elle fit un effort de concentration mais le sujet la troublait. Elle insista. C'était peut-être la veille de son arrivée à Jipmer ou deux ou trois jours avant. Une Indienne de Pondichéry qui allait parfois travailler au Matrimandir l'avait convaincue de rencontrer un voyant. Il habitait dans la rue principale de Pondi, la Nehru Street, mais du côté de la ville blanche, le Pondichéry de la France, de l'ashram, le Pondichéry propre et fleuri qui longe la mer. La maison était près du canal, au-dessus d'une boutique d'artisanat. On y accédait par un escalier étroit peint en vert et jaune foncé. Lysiane n'alla pas plus loin que la pièce d'entrée, la pièce la plus fraîche de la maison, encombrée des lits de toute la famille. L'homme lui avait déplu. Elle avait oublié son visage. Il lui avait posé des questions qu'elle avait également oubliées. Elle n'avait retenu que la sensation visqueuse de mains qui glissaient sur elle et autour d'elle, qui palpaient son aura. « Il y a effectivement des vampires autour de vous », avait-il conclu. Elle avait chancelé. La seule évocation de ces paroles la fit à nouveau pâlir. Elle se mit à marcher de long en large pour contrôler la panique qui gagnait sa poitrine et son cœur. Elle se massait les bras. Ses nerfs s'étaient une fois de plus transformés en autant de brûlures. Elle poursuivit. Le voyant lui avait donc donné trois citrons. Il avait alors parlé de l'apparition de taches brunes qui pourraient indiquer ou ne pas indiquer si elle était possédée. Là, tout s'embrouillait.

Lysiane savait que les citrons pouvaient symboliser la purification. Autour d'Auroville, les villageois les utilisaient dans les *poudjas* mais ils les utilisaient aussi pour jeter des sorts. On lui avait dit qu'en récitant des mantras maléfiques, on faisait entrer dans les citrons, qui servaient de supports physiques, des vibrations destructrices. On les jetait ensuite dans la maison ou sur le terrain de la victime. Les citrons magiques étaient toujours tachés de la poudre rouge des *poudjas*. La jeune femme ne s'était jamais intéressée aux manipulations des millions d'entités qui encombrent non seulement la mythologie indienne mais également sa vie quotidienne. « Il y a toujours des taches brunes sur les vieux citrons », se dit-elle dans un éclair de lucidité. Elle remit pourtant les citrons dans sa poche.

*

Les malades psychiatriques sont prisonniers de tics exaspérants. Ils piétinent, se grattent la nuque à répétition, essuient cinq fois leur chaise avant de s'asseoir, passent le seuil des portes à reculons. L'expression physique de l'obsession. La séance de remémoration que la jeune femme venait de s'imposer l'avait troublée. Elle s'obligea à s'asseoir et à ne pas se tordre les mains. Elle luttait obstinément contre la possession de son corps par l'agitation mentale qui, ne pouvait-elle s'empêcher de penser, n'était que le symbole extérieur d'une possession bien plus dangereuse. Elle refusait de « gigoter » comme un pauvre pantin. Mais si l'obsession entraîne souvent chez ses victimes des manies disgracieuses, elle les conduit tout aussi fréquemment à un violent repli sur soi pouvant aller jusqu'à la paralysie et un refus total de communiquer. « Si tu regardes à droite, tu verras un vampire. » « Tu as regardé cette femme dans les yeux, elle deviendra aveugle. » Ou pire : « Même si tu t'en tires, tu seras toujours porteuse d'un mal hideux qui, un jour ou l'autre, frappera tous ceux qui t'auront croisée. » Tiraillée entre la nécessité de résister aux suggestions absurdes et sa peur d'incarner le mal, Lysiane épuisait ses dernières énergies vitales et nerveuses. Pourtant, elle n'avait pas d'autre choix que de résister à tout, car tout dans son esprit était leurre, piège, guet-apens.

Elle se leva, s'approcha de la fenêtre et fixa le bleu du ciel. À contre-jour, dans l'éclatante lumière de l'après-midi indien, elle paraissait fragile. La jeune femme bien en chair et bien en vie qui était arrivée à Auroville huit mois auparavant s'était amenuisée, son dos était rond et sa poitrine creuse. Il est vrai qu'à Auroville, la maigreur était de mise, à cause de la chaleur, de la sobriété dans la diète, des fièvres virales et des parasites, mais aussi à cause de l'association plus ou moins avouée entre maigreur et progrès spirituel. Lysiane s'était d'abord efforcée à la minceur puis ses difficultés des dernières semaines avaient fait le reste. Malgré et à cause de l'insomnie, la lueur de ses yeux avait grandi comme la flamme d'une bougie de veille, mais sous des paupières de plus en plus lourdes. Seules ses mains restaient vives, jeunes, énergiques. « J'ai les mains fortes », avait-elle dit au contremaître américain qui, à son tout premier jour d'ouvrage au Matrimandir, lui avait remis sa clé anglaise, outil à tout faire par excellence des travailleurs du chantier. Il regardait, à la fois amusé et inquiet, cette petite bonne femme trop ronde, trop naïve pour être de quelque utilité sur des échafaudages. Mais, passant la clé dans la ceinture de son short, elle avait grimpé d'un trait l'échelle de fer verticale jusqu'à la plus haute plateforme de la construction.

En temps ordinaire, on parlait peu sur le chantier et presque essentiellement pour les besoins du travail. Au début, cela avait gêné Lysiane. Puis, elle s'était habituée. Se réfugiant en elle-même, elle se sentait parfois baignée d'une immense douceur, et ce, en dépit d'un rude travail manuel dans le ciment et la ferraille. On en était à monter les murs de la vaste chambre où, avait dit la Mère, les gens apprendraient à se concentrer. Quand les ouvriers réguliers avaient fini de préparer l'armature métallique et installé les coffrages de bois nécessaires au coulage du béton, on lançait un appel dans tout Auroville pour une séance de bétonnage. Ce jour-là, c'était la fête. Les *Frenchies* d'Aspiration, la plus grande communauté d'Auroville, s'amenaient trois par trois sur leurs motos bruyantes ou en bandes de dix dans le van collectif. Les gars de la *Green Belt*, ceinture verte de la future ville, arrivaient à vélo avec des enfants tout blonds ou tout noirs sur leur porte-bagages. On venait de tout Auroville pour compléter le chaîne humaine qui se formait de bas en haut de la structure. Les *tchattis* en métal, remplies du ciment gâché au sol, glissaient de main en main jusqu'à la plate-forme supérieure et même au-delà. Cette farandole était la plus belle prière d'Auroville, un symbole mais aussi un acte, un appel vivant à l'unité, à l'amitié humaine et à la manifestation concrète d'un idéal dans la matière.

Le dos appuyé aux barreaux de fer de son lit d'hôpital, Lysiane regarda ses mains d'ouvrière. La faille n'était pas dans son corps. Comme Christophe, elle avait rêvé des anges, mais jamais d'un Auroville confortable et moderne. Elle supportait bien la chaleur, le riz rouge et les légumineuses, les toits de chaume qui fuient à la première pluie… ça faisait partie de l'aventure. C'était d'une autre sorte d'austérité qu'elle avait souffert. Lysiane habitait au « Camp » réservé aux travailleurs du Matrimandir dans la portion du Centre d'Auroville que la Mère avait appelée Peace et qui se réduisait en fait au Matrimandir, à ses ateliers, à ses bureaux, au Camp, à la cuisine communautaire et à quelques maisons éparpillées dans les champs environnants. Encore nouvelle et un peu timide, elle fréquentait peu les autres communautés du Centre et encore moins celles de la périphérie. Elle n'en connaissait que les Auroviliens qui venaient travailler sur le chantier ou prendre leur repas à la cuisine communautaire. Le Camp était un ensemble de chambres, avec sol et murets de ciment, regroupées avec des sanitaires collectifs sous un large toit commun de feuilles de palmier. L'atmosphère y était quasi monacale. On se saluait le matin et le soir autour des lavabos, puis on rentrait chez soi. On regardait de travers ceux qui se permettaient d'écouter du rock'n'roll, remplissant ainsi tout l'endroit d'un bruit infernal et de vibrations « vitales », tout aussi infernales, et on restait discret, sinon muet, sur les petites aventures amoureuses qui ne pouvaient qu'arriver aux aspirants yogis de vingt-cinq ans. Autour, c'était la rase campagne.

Le petit-déjeuner était servi à la cuisine à partir de six heures et se résumait en général à un porridge grisâtre et à de la chicorée. Les gens s'assoyaient aux tables hautes ou basses, à l'intérieur ou sous les arbres, et mangeaient en silence avant de s'en aller au travail. Le midi, l'ambiance était plus décontractée, la clientèle, plus bavarde et plus diversifiée. Les Auroviliens parlaient très peu d'eux-mêmes ; on savait à peine de quel pays ils venaient, on ne connaissait jamais leur pedigree. Ils parlaient d'Auroville, toujours d'Auroville. Le soir, la cuisine était sombre. Après le repas, chacun lavait son couvert et rentrait chez lui. Alors, pour tromper son ennui, Lysiane faisait de longues promenades ; elle écoutait la musique du vent dans les casuarinas. Parfois, elle croisait une ombre, un ou une autre Aurovilienne qui profitait d'un rayon de lune, car la route était obscure. De temps en temps, Lysiane retournait à la cuisine pour parler aux joueurs de flûte qui s'y réfugiaient pour faire leurs gammes sans déranger les voisins. L'espace de quelques notes, elle regrettait alors son vieux piano droit et ses copains de théâtre de Montréal. Elle était heureuse, certainement plus heureuse qu'elle ne l'avait jamais été depuis son enfance, car elle avait le sentiment d'être enfin chez elle, à sa place, et elle se sentait profondément liée aux autres Auroviliens. Pourtant, quelque chose lui manquait... un atelier peut-être, de tissage, de théâtre, de... Elle en avait parlé une ou deux fois à ses compagnons de travail ; ils lui avaient répondu que « son vital résistait » ou que « son ego résistait ». Elle ne savait pas trop quoi faire de son vital ou de son ego et, malgré ses efforts sincères pour être calme, posée et effacée, comme le réclamait l'attitude yogique idéale, elle débordait d'énergie. Alors elle travaillait, le jour, la nuit, et elle s'abîmait dans la méditation. Par ailleurs, elle s'accordait de moins en moins de distractions. Elle allait de moins en moins à Pondichéry et, quand elle y allait, elle ne s'achetait plus de *raskadams*, ces délicieux *sweets* au lait. Elle ne rencontrait plus le jeune ashramite avec qui elle s'était liée d'amitié au début de son séjour. C'était, il faut dire, une époque où plusieurs Auroviliens se targuaient de ne jamais sortir de l'atmosphère « pure » d'Auroville. Lysiane avait pris le ton sobre, pour ne pas dire morne, du Camp, même si ce ton-là ne correspondait pas à sa nature. Curieusement, elle s'était retrouvée dans une des communautés les plus ascétiques d'Auroville. Son éducation religieuse l'y disposait peut-être. Elle n'avait rien remis en question, ni la façon de vivre des gens qui y habitaient ni sa propre présence dans un tel endroit. Elle croyait que ceux qui vivaient depuis dix ans à Auroville en savaient forcément plus qu'elle sur la pratique du yoga. Elle avait oublié le conseil d'un Indien d'âge mûr rencontré au *dining hall* de l'ashram aux premiers jours de son arrivée en Inde :

— Vous allez rencontrer ici toutes sortes de gens, des plus sincères aux plus tordus, des plus lucides aux plus inconscients. N'écoutez rien ni personne, que la voix qui est en vous.

— Mais si je n'entends rien ? avait demandé Lysiane.

— N'écoutez pourtant qu'elle.

C'était seulement aujourd'hui, dans sa chambre d'hôpital, que Lysiane comprenait. Elle avait cherché la voix en elle mais elle avait aussi cherché à être conforme au modèle du parfait *saddak*. Était-ce pour mieux trouver la voix ou se faire accepter du milieu ? « Qu'est-ce que j'ai fait, mon Dieu, qu'est-ce que j'aurais dû faire ? » supplia-t-elle en prenant sa tête dans ses mains.

*

Une garde entra dans la chambre avec le plateau du soir.

— *Are you hungry ? You have to eat, Madam.*

Elle posa le plateau.

— *I have something for you.*

Elle tendit un papier bleu estampillé Air Mail.

— *That's from Dévaki, the morning nurse. She asked me to give it to you.*

— Merci, dit Lysiane. Merci beaucoup.

Elle pouvait écrire, elle devait écrire. La garde quitta la pièce. Écrire quoi ? Elle tenait le Canada au bout de ses doigts. Toute l'Inde rêve d'aller au Canada. Lysiane n'avait qu'un mot à écrire et elle y serait dans quelques semaines tout au plus. Elle hésitait. Elle n'était pas venue ici pour rien, elle ne pouvait pas être venue ici pour rien. Pour elle, le rêve était ici, c'était ici son dernier ailleurs, son ultime bout du monde. Elle avait froid, elle ne savait même plus si elle avait un cœur. Elle s'était peut-être trompée, il n'y avait peut-être pas de rêve, pas d'espoir, pas d'ailleurs, et cette bataille contre la folie ne servait peut-être à rien.

Elle abandonna le papier bleu et sortit dans le couloir tout en longeant le mur. Les bruits, les lumières, le regard des autres, leur souffle se promenaient dans son corps. La porte du département était grande ouverte. Elle sortit sans intention précise. Le gardien qui somnolait la vit tourner tranquillement tout au bout du corridor. Il bondit, se mit à hurler, lui courut après. Elle l'attendit. En rebroussant chemin, il continuait à la réprimander moitié en anglais, moitié en tamil.

— Je voulais juste marcher, dit-elle pour le rassurer.

— *OK, OK. But I advise you not to do that again.*

Avec une excitation qu'il avait du mal à contrôler, il la ramena à sa chambre, regarda le plat de riz refroidi et lui ordonna de manger.

— *Eat, Madam, you have to eat if you want to get cured.*

Elle s'assit. La garde du soir lui dit :

— *The doctor has prescribed some medecine for you.*

— Qu'est-ce que c'est ? demanda Lysiane.

La garde, souriante, insista :

— *Take it, take it*, en tendant le verre d'eau.

— Filtrée ?

— *Yes, yes*, répondit la garde, agacée.

En temps normal, Lysiane se serait rebiffée. Elle avait, après tout, le droit de savoir quel poison on lui faisait avaler. Mais elle n'avait pas l'énergie de secouer la torpeur mêlée au besoin d'autorité mesquine auquel elle faisait face. Pour la première fois, Lysiane comprit qu'elle s'était mis les pieds dans les plats. Elle reprit l'aérogramme et écrivit :

Cher Philippe,

Je t'écris pour te demander de m'envoyer 1000 $. Au plus tôt. Je suis à Jipmer Hospital, je fais une dépression. Envoie la lettre comme d'habitude à Auroville. I am already feeling better but I would like to go back as soon as possible. Envoie l'argent par chèque ou par mandat.

Lysiane

Les femmes s'entassaient dans le couloir, devant la chambre de la jeune Blanche. Elles parlottaient, riaient. L'une d'entre elles, vieille et boiteuse, se lamentait un peu. Ses os auraient sans doute préféré la terre chaude de sa hutte au plancher de ciment de l'hôpital. Et un lit ? Elle n'en demandait pas tant. L'étrangère avait une chambre et des draps blancs.

Les femmes ne bronchaient pas. Elles savaient ce qu'est la soumission. En Inde, quand on désobéit à son maître de yoga, de musique ou de danse, il nous chasse. Dans cet hôpital, le guru, c'étaient les infirmières, les médecins et la direction de l'hôpital. « C'est dangereux, pensa Lysiane. Il vaudrait mieux qu'ils me chassent. » On éteignit. À tâtons, Lysiane chercha les trois citrons et les plaça sous son oreiller. Quand elle était petite, on lui accrochait des médailles autour du cou pour la protéger du mal et du diable : une croix, la Vierge Marie, sainte Jeanne d'Arc... Des images se bousculaient violemment dans sa tête : le profil d'un homme refermant la grille d'un confessionnal, une femme que l'on rase, les convulsions d'un possédé, des mains qui brûlent en glissant sur la peau, son corps pendu comme celui de Judas... Elle ouvrit les yeux pour ne plus voir. Tous ses muscles s'étaient raidis. Elle dut forcer sa respiration et faillit hurler. C'était faux ! Tout était faux. Elle attrapa les trois citrons. L'éclat des vitres retentit dans tout le département.

*

Au matin, alors que Lysiane se concentrait de toutes ses forces pour ne pas bouger, une voix la secoua brusquement.

Elle se tourna vers cette voix qui ordonnait. Une femme en sarrau blanc, aux cheveux auburn, portant de grosses lunettes de corne, la regardait fixement, serrant dans ses mains potelées aux ongles rouges un bloc-notes sur lequel elle s'apprêtait à écrire.

— *Madam Delambre. I am the chief psychiatrist of the department, madam Delambre. Do you have hallucinations?*

— Non.

— *You do not hear voices?*

— Non.

— *You do not see strange things?*

— Non.

— *Well. If ever you see or hear this kind of things, please let me know. Let me know immediately.*

Et elle disparut.

Après le départ de la psychiatre, Lysiane ne voulut plus que dormir. Dormir pour chasser le monde d'hallucinations auquel la psychiatre en chef de l'hôpital de Jipmer venait d'ouvrir la porte. Dormir pour ne plus avoir à se battre.

*

Dans l'après-midi, Mahona, une Aurovilienne, s'attarda au chevet de Lysiane encore endormie. Quelques Tamiles vinrent s'accroupir dans le couloir. Elles ne venaient jamais à cette heure du jour, mais la beauté fragile et rare de Mahona, mi-hollandaise, mi-indonésienne, les avait intriguées. Lysiane ouvrit les yeux: les Auroviliens venaient, tout n'était pas perdu. Elle sourit.

— Ne reste pas là. C'est peut-être contagieux.

— C'est contagieux! répliqua Mahona. Mais moi j'ai des anticorps.

Lysiane se redressa. Après un moment de silence, Mahona s'assit au bord du lit.

— Tu sais, tu n'es pas la première à avoir ce genre de problème à Auroville. Ce virus-là, on l'a presque tous attrapé un jour ou l'autre. C'est comme les amibes. Il y en a chez qui l'infection est plus forte, c'est tout.

Lysiane écoutait Mahona bien plus attentivement qu'elle n'écoutait les psychiatres. Elle, elle savait.

— Mais, si ça dure ? demanda-t-elle.

Comme Mahona ne répondait pas, Lysiane enchaîna :

— Je ne devrais peut-être pas faire de yoga. Je ne peux peut-être pas. Pour certaines personnes, c'est dangereux.

Lysiane avait tourné la tête pour ne pas pleurer. Mahona ne pouvait rien garantir. Elle aussi avait lu sur les risques possibles de graves désordres mentaux dans la pratique yogique. Et elle avait vu des cas inquiétants depuis son arrivée en Inde.

— Tu sais, dit-elle, la meilleure chose à faire, c'est de ne rien faire. On attend, c'est tout. On attend. Il faut la patience des pierres. C'est toujours après qu'on comprend.

Mahona enverrait des vêtements de rechange et quelques articles de toilette. Elle posterait la lettre bleue que Lysiane avait adressée à son frère. Les femmes la suivirent du regard jusqu'au bout du couloir, puis elles aussi s'en allèrent.

*

Lysiane n'avait plus sommeil. Après le départ de Mahona, elle eut l'étrange impression que des voix et des ombres s'assemblaient autour d'elle et attendaient le moment propice pour l'envahir. La psychiatre lui avait bel et bien empoisonné le cerveau avec la peur d'halluciner. Or, non seulement Lysiane n'arrivait plus à contrôler le contenu, l'orientation et le débit de ses pensées, mais les pensées toutes plus catastrophiques les unes que les autres qui lui passaient par la tête à une cadence effrénée avaient un pouvoir de suggestion absolument inhabituel. C'était grâce à un niveau bien supérieur du mental, au « témoin » comme on l'appelle en yoga, et par un extrême effort de volonté qu'elle arrivait encore à garder un comportement à peu près acceptable. Pour éviter la panique, elle décida de s'expliquer rationnellement l'hallucination. L'être humain a moins peur quand il s'explique les phénomènes, même si ses explications risquent d'être fausses.

« Dans l'hallucination, se raconta Lysiane, les pensées obsessionnelles exercent une telle emprise sur le fonctionnement des sens qu'elles distordent la perception, se projettent sur la réalité ou, pire, se substituent à elle. » Elle se rappela qu'un de ses amis avait voulu tuer son frère sous l'effet d'une forte dose de LSD ; il était persuadé qu'un monstre l'attaquait. « Jusqu'à présent, se dit-elle encore, mis à part quelques fièvres et quelques sensations bizarres, la bataille est restée presque essentiellement mentale. Il faut empêcher à tout prix que le mécanisme hallucinatoire ne se déclenche. Pourtant, s'il se déclenche, il ne faudra pas être dupe : l'hallucination n'est pas une vision, ni une forme de perception extrasensorielle, ni aucun autre type d'ouverture à des réalités habituellement inaccessibles à l'être humain. C'est une projection mentale, une illusion, un pur mensonge. »

Lysiane avait toujours misé sur son mental. À Auroville, son mental n'avait servi à rien ; maintenant, elle en perdait l'usage. Pourquoi ? Pourquoi lui enlevait-on son instrument privilégié ? Peut-être pour lui en montrer la fragilité ou la futilité. Peut-être pour lui faire expérimenter que le mental n'est pas la conscience, mais seulement son outil. Peut-être pour qu'elle découvre d'autres parties d'elle-même restées sous-développées, archaïques. « C'est toujours après qu'on comprend », avait dit Mahona.

Mais bientôt Lysiane commença à penser au diable. Ce puissant symbole du mal remontait de son enfance avec ses longues cornes tordues émergeant du front. Il la hantait. Ridicule, oui, ridicule. Mais quand l'infirmière vint lui demander de rencontrer le psychiatre de service, elle détourna le regard pour ne pas voir gonfler le front de la jeune Tamile. « Qu'est-ce que je vais devenir si toutes les figures humaines deviennent des masques de diable ? Folle, complètement folle », poursuivit-elle dans le corridor qui la menait chez le médecin. Elle fixait le sol.

Le nouveau psychiatre était, contrairement à celui de la veille, un Tamil grand et fort. Elle ne l'écouta pas, elle ne l'entendit pas. Elle resta les yeux baissés, sans rien dire, absorbée par le souci de ne pas voir les cornes qui voulaient jaillir de ce front. Il ne la garda pas longtemps. Dans son rapport, il indiqua : refus total de communiquer. Quand elle sortit du bureau, on aurait dit une somnambule.

Dans la soirée, on lui apporta un pantalon léger, un t-shirt et du papier à lettres. Elle écrivit immédiatement à ses parents d'une écriture qui avait été la sienne à sept ou huit ans ; le délié, l'aisance en étaient absents : « Mon être était un pays immense et au centre, une île. Je ne possède plus que l'île. L'abîme m'a tout volé. J'ai besoin de votre amour. Lysiane. »

*

Christophe enchaîna son vélo au poteau du stationnement de l'hôpital. Inquiet, il se demanda : « Si elle avait pris quelque saloperie ? Non, non, ce n'est pas son genre. » Petit, maigre, musclé, bronzé, une énorme touffe de cheveux bouclés sur la tête, Christophe, c'était du nerf et deux yeux bleus qui jetaient des étincelles d'ironie, de tendresse ou de rage, mais qui jetaient toujours des étincelles. À grandes enjambées, il traversa le hall où s'entassaient encore, pêle-mêle, lépreux, goutteux, boiteux, enfin « tout le cirque », comme il aurait dit sans le moindre mépris, mais avec cette forte dose de réalisme qui fait souvent des Belges des agriculteurs aux âmes de poètes.

Il traversa donc le cirque et arriva chez les fous. Il éprouvait une sorte de trac : « Je la connais à peine. » Il la trouva assise à la fenêtre. Elle se retourna. Il saisit la détresse dans l'œil mais... elle était là, elle n'avait rien cédé, rien abandonné. Depuis son arrivée à Auroville, elle avait été une des seules personnes à qui il avait parlé de tout et de rien le soir sous les casuarinas, comme on parle à une amie. Il savait une chose : elle était sincère.

— Qu'est-ce que tu fais ici ? lui dit-il en roulant ses mots dans son accent flamand.

Elle le regarda.

— C'est ta tête qui ne va pas ? Eh bien, on s'en fout de ta tête, lança-t-il dans un grand geste.

Il commença à marcher de long en large dans la chambre, à toute vitesse, comme pour secouer l'atmosphère. Puis il s'arrêta brusquement en face d'elle.

— Tu ne peux pas rester ici, dit-il. C'est la mort ici. Pourquoi es-tu partie d'Auroville ?

— Je ne pouvais pas rester à Auroville dans cet état-là.

Les yeux de Lysiane s'étaient embués.

— Je ne tenais plus en place. J'ai tout essayé, je ne voulais pas partir, mais je ne dormais plus du tout.

Christophe ne semblait pas convaincu.

— Je n'étais pas seulement à moitié obsédée, je ne faisais plus les liens entre les événements. Je crois que quelque chose ne fonctionnait plus dans mon cerveau. Probablement parce que je ne dormais pas. Le monde avait rétréci. Je voyais par plans, je voyais des images séparées. Je ne faisais plus les liens. Il fallait que je dorme. Alors je suis allée à Pondi.

Lysiane hésitait à parler, Christophe ne bronchait pas.

— Au début, c'était mieux. J'ai dormi. Je n'ai plus eu ce détraquement bizarre. Mais le reste a continué. Après... ça s'est vraiment gâché.

Et Lysiane a raconté à Christophe comment elle s'était enfuie de Golconde, le plus beau, le plus sévère, le plus respectable *guesthouse* de l'ashram. Cet édifice d'allure moderne à plusieurs étages, de couleur ocre, entouré d'un jardin, lui-même entouré d'un mur de plus de huit pieds de haut, occupait tout un pâté de maisons. Pour le concevoir, l'architecte s'était inspiré de la tradition japonaise et servi des connaissances techniques les plus modernes. Tout, depuis la salle des fournaises jusqu'aux plus petits recoins du jardin, y respirait la tranquillité et l'élégante simplicité. Mais Golconde était aussi un lieu de recueillement que tous les règlements visaient à protéger : silence dans les chambres, interdiction de recevoir des visiteurs sauf à l'heure du thé et dans le salon de thé, couvre-feu. Et surtout, c'était, on le croyait fermement, un endroit spécialement protégé. C'était pour cette raison qu'on l'avait recommandé à Lysiane, et pour cette même raison que sa fuite avait été si inadmissible. Lysiane avait voulu croire que ce havre de paix l'aiderait. Mais, au contraire, le parfait silence était vite devenu insupportable tellement il mettait en relief son agitation. Après plusieurs heures de lutte stérile, elle avait eu une envie irrésistible de tout casser. Alors, elle avait poussé délicatement la porte de sa chambre, enfilé ses sandales. À pas feutrés, elle avait descendu les marches menant à la porte de bois massif de l'entrée, fermée à double tour. Sans le moindre bruit, elle s'était dirigée vers le fond du jardin, entre les pierres immobiles. Au-delà du mur, la lune éclairait les toits de tuiles rouges. Des branches tortueuses tapissaient la paroi. Quelques minutes plus tard, à quatre pattes sur le toit d'argile, Lysiane se regarda sourire, un sourire étrange, cynique, dont le souvenir la troublait encore. D'un geste de bête, elle avait vaincu la confusion mentale. Mais elle n'était pas dupe. Le répit était bienfaisant, mais il serait bref. Elle savait qu'en grimpant à cette paroi, elle avait cédé à la peur et peut-être, au-delà, à des forces tapies derrière la peur.

— On m'avait donné une chambre pour m'aider. La première nuit, je me sauve par les toits. Tu te rends compte du scandale ?

Christophe esquissa un sourire, il commençait à se rendre compte. Mais pas seulement du scandale. Après la fuite de Golconde, Lysiane avait habité un autre *guesthouse*. Tout était allé de mal en pis. Sa dernière nuit à Pondichéry avait été la plus insupportable. Elle n'osa pas tout dire à son ami. Vers trois heures de matin, alors qu'elle n'avait bien sûr pas encore dormi, elle avait remarqué que si dans une chambre voisine quelqu'un toussait, elle toussait. Si quelqu'un pleurait, elle pleurait. Elle était ouverte à tout, sans plus aucune possibilité d'auto-protection. Terrifiée, elle avait voulu renouveler l'exploit de Golconde. Mais au *guesthouse* du Parc à Charbon, les toits ne menaient qu'à la mer et le mur était garni d'éclats de verre meurtriers. Elle s'était alors allongée à plat ventre dans la cour et avait enfoncé ses mains dans la terre. La terre de l'Inde. Au lever du soleil, on avait enfin ouvert la porte bleue de l'entrée. Lysiane avait la fièvre et toujours l'impression d'être perméable à tout. Les suggestions de suicide et de possession ne lui laissaient plus aucun répit. Elle avait voulu se rendre au *samadhi* mais, après quelques centaines de mètres, elle s'était écroulée. Elle était restée des heures assise sur le trottoir, appuyée à un réverbère. Plus tard ce jour-là, elle avait demandé à un chauffeur de taxi de la conduire à Jipmer.

Christophe ne savait pas très bien par quel bout prendre tout cela.

— Et maintenant ? demanda-t-il.

— Maintenant, j'ai peur d'halluciner, répondit Lysiane.

Il écarquilla les yeux :

— Tu ne vas pas halluciner ! martela-t-il.

Il reprit plus posément.

— Ils te donnent des médicaments ?

— Oui, mais je ne sais pas quoi ; ils n'ont pas voulu me le dire.

— Ça te fait du bien ?

— Ça me fait dormir.

Christophe fit encore quelques allers-retours dans la pièce étroite :

— Écoute, si tu veux, je vais essayer de t'aider. J'aime les fous qui se battent.

Et en montrant les murs :

— Ici, vraiment, c'est la mort, je ne peux pas t'aider là-dedans. Tu reviendrais à Auroville ?

Elle aurait voulu dire oui, mais…

— Tu crois que je pourrais ?

— Je ne sais pas.

Il hésita.

— On va essayer.

Christophe se rappelait ce qu'il avait dit à Richard lors de sa visite : le malheur, c'est qu'à Auroville, il semble que les fous deviennent encore plus fous. Et pourtant, il ne voyait aucune autre issue.

— Je vais voir si je peux arranger ça. Tu voudrais un livre ? Quelque chose ? Je vais t'apporter un bon livre demain. Tu sais… Il faut que je parle aux autres, à mes voisins, si je veux te ramener à Auroville.

— Je sais.

— Bon, tu dors, tu manges et tu ne t'occupes pas de ta tête. Tu peux marcher, pourquoi tu ne me raccompagnes pas ?

— Je ne sais pas si j'ai le droit.

— On va demander.

Ils descendirent dans la cour de l'hôpital.

— Ça va mieux dehors, non ? demanda Christophe.

— Quand je change d'endroit, ça va toujours mieux. Mais ça ne dure pas.

— Ne sois pas pessimiste.

Tout en marchant, Christophe remarqua les kiosques de marchands qui bordaient l'hôpital.

— Tu veux du chocolat ? demanda-t-il.

Elle hésita.

— Rien à voir avec le chocolat belge, grommela-t-il. C'est du chocolat à la lécithine. On ne devrait pas appeler cela du chocolat !

Il en acheta, en mangea un morceau et tendit le reste à Lysiane.

— Ça va si je te laisse ici ? J'ai mon vélo.

Lysiane leva la tête :

— À demain peut-être ?

Christophe lui sourit et enfourcha son vélo. « Elle n'est pas folle, se dit-il, mais si elle reste là-dedans… Elle a encore le choix. Je vais la prendre chez moi, disons un mois. Après, si ça ne va pas mieux, il faudra peut-être qu'elle rentre au Canada. »

Le soleil enveloppait Christophe qui pédalait à toute vitesse entre les rickshaws, les motos, les vélos, les bus et les taxis qui encombrent les abords de Jipmer vers dix-sept heures. Il l'aiderait, il savait qu'il pouvait l'aider. Encore fallait-il qu'on lui en laisse la chance.

*

Le lendemain matin, la tête encore posée sur son oreiller, Lysiane se répétait : « Il faut continuer de se battre, continuer de se battre. » Elle ne croyait pas si bien penser. La psychiatre en chef fit irruption dans sa chambre, suivie d'une troupe d'étudiants tamils en sarraus blancs. Ils se plantèrent devant le lit, les yeux braqués sur la jeune déséquilibrée blanche. Lysiane s'était brusquement redressée. Elle les regardait, ahurie. Ils la scrutaient, écoutant religieusement leur chef de troupe qui, dossier en main et en anglais, parlait sans arrêt. Pendant un instant, Lysiane ne vit que leurs yeux, tout ronds, tout noirs. Une grappe d'yeux accrochés à elle. Une grappe de têtes brunes, pressées les unes contre les autres. Elle n'entendait rien, peut-être à cause de la rage qui montait dans son corps, mais elle se prit à fixer le rouge de la bouche qui débitait des sons. « Électrochocs. » Elle éclata. Jamais ils ne lui donneraient des électrochocs. Personne ne lui donnerait des électrochocs. Jamais !

On ne lui brûlerait ni les nerfs ni le cerveau. Lysiane parlait, elle-même étonnée de la clarté et de l'énergie de sa voix. Stupéfaits, les étudiants n'osaient même plus respirer. La psychiatre, restée un moment bouche bée, reprit contenance et voulut parler, mais Lysiane ne lui en laissa pas la chance.

— Vous entrez dans cette chambre avec dix personnes sans prévenir comme on entre au zoo et, en plus, vous annoncez, sans même m'en avoir parlé, que vous allez me donner des électrochocs. Je ne suis pas un cobaye pour vos laboratoires de psychiatrie, Madame, et vous ne me donnerez pas d'électrochocs.

Le ton était plus que définitif. Elle regardait la psychiatre droit dans les yeux. Il y eut un bref silence. La psychiatre écumait. Elle était chef du département et elle venait de se faire rabrouer par une folle, étrangère en plus.

— *You are the patient and I am the doctor. A patient should not say what to do to a doctor. You shall accept the treatment I will give to you.*

— Je n'accepterai jamais d'électrochocs.

— *That, we will see.*

La psychiatre sortit bruyamment. Lysiane tremblait.

*

Ils étaient sept, quatre Français, un Marocain, Christophe le Belge et Mahona l'Indonésienne. Assis sur des nattes, les jambes repliées de façon fort décontractée, ils écoutaient attentivement Christophe qui les avait réunis dans la grande pièce qu'il occupait au deuxième étage de la maison-hutte où il avait accueilli Richard deux jours plus tôt. Dès que

Christophe eut fini de parler, la voix de Gilbert résonna sans aucune hésitation :

— Je suis ici depuis 1969, ça fait huit ans. Les gens qui flippent, il faut les renvoyer chez eux. Mère nous a toujours dit de les renvoyer chez eux.

— Elle ne l'a pas toujours dit, plaida Mahona. Je connais au moins une exception. Il y en a peut-être eu d'autres. Mère était moins systématique que nous.

— Le flip, c'est une attaque de forces dégueulasses, renchérit Gilbert. On aurait tous pu flipper depuis qu'on est ici, mais on a dit non. Si tu cèdes, tu fais entrer ces forces-là en toi et si tu es à Auroville, tu fais entrer ces forces-là à Auroville.

— Tu crois que ces forces-là ont besoin de Lysiane pour entrer à Auroville ? demanda Mahona. Mère renvoyait les gens chez eux pour les aider, eux, pas pour protéger Auroville.

— On parle beaucoup trop de forces hostiles, lança Jean-Jacques, exaspéré. C'est trop facile de tout mettre sur le dos des forces hostiles, et puis c'est pratique, ça nous évite de prendre nos responsabilités.

Christophe soupira. La discussion serait longue.

*

Au-delà du muret, le regard de Lysiane buta sur un pan bleu, une illusion de bleu. Il ne fallait pas pleurer, il fallait foutre le camp. D'abord foutre le camp. Il fallait que les Auroviliens acceptent son retour, que Christophe revienne. Et s'ils refusaient ? Elle partirait quand même. Et si la psychiatre s'opposait à son départ ? Elle partirait n'importe comment. Pour aller où ? Elle n'avait même pas d'argent pour acheter le billet d'avion. La lettre à son frère mettrait au moins trois semaines à se rendre à destination. Il fallait envoyer un télégramme. Elle demanderait à Christophe d'envoyer un télégramme. Une immense lassitude l'envahit. C'était peut-être cela, la mort. Elle ne voulait pas mourir. Pas de cette façon. Pas devenir une morte vivante dont on observerait la courbe évolutive au fond d'un trou à rat. Elle ne pouvait pas faire ça. Elle n'avait pas le droit. Pas un gâchis de plus. Elle baissa les paupières, se recroquevilla en elle-même… Il devait bien y avoir un mécanisme pour défaire ces nœuds, tous ces nœuds dans son cerveau et dans son corps. Ses nerfs flambaient une fois de plus. Elle regarda encore malgré la douleur, elle regarda comme un chat, oui, comme un chat regarde un point invisible. « Je suis lâche. » Toujours sur le dos, les yeux accrochés au blanc poreux du plafond, elle scrutait le chancre qui l'avait envahie, mais n'arrivait pas encore à savoir comment on en guérit, comment on retrouve la joie. Elle avait tant prié, tant appelé, elle n'osait plus. Il devait y avoir quelque chose qu'elle aurait dû faire, quelque chose qu'il fallait faire. Elle savait maintenant que cette folie était suicidaire, un déguisement de mort. Elle se recroquevilla physiquement et serra les poings. Elle ramassa tout ce qui restait d'elle-même sur cet îlot blanc encore libre au fond d'elle-même et jura qu'elle ne collaborerait pas, qu'elle ne céderait pas. « Je refuse tout, je refuse la folie, je refuse la mort. Peu importe ce qui arrivera maintenant, j'aurai tout refusé, tout. Je veux vivre, malgré tout et pour tout. » Et de toutes les cellules de son corps, parce qu'elle ne savait pas, parce qu'elle ne pouvait plus, elle appela la grâce.

*

Des heures plus tard, une infirmière la trouva les poings serrés sur la poitrine.

— *Madam*, voulez-vous venir vous promener avec nous dans le jardin ?

Lysiane ouvrit les yeux et aperçut un beau visage brun. Les Indiennes du Tamil Nadu sont des déesses déchues par amour de la Terre. Elles n'ont gardé qu'un privilège, le droit de ne pas penser. Rien ne semblait bouger derrière ce front lisse. Lysiane la suivit. Sept ou huit Tamiles attendaient à la porte du département, un bouquet rieur et bavard. Lysiane se demanda pourquoi elles étaient à l'hôpital, elles n'avaient pas l'air malades. De leur côté, les femmes observaient la Blanche incurablement triste.

— *Ama, ama, rombo rombo tchina erikke*. Vous devenez trop maigre, bien trop maigre, lui dit sur un ton de reproche l'une des plus vieilles, qui n'avait elle-même que la peau et les os.

Le petit groupe descendit dans la cour arrière de Jipmer, cour qui n'était en fait qu'un vaste champ entouré d'une haie d'acacias. L'herbe était rare, mais il faisait bon à l'ombre des murs. Lysiane regarda les femmes drapées dans leur sari pourpre, bleu, orangé, se découpant sur le vert des acacias. « Elles sont d'ici, pensa-t-elle à nouveau, elles ont choisi la Terre. » Elle ne s'était jamais sentie de la Terre, pas même à Auroville. Elle flottait quelque part entre deux mondes, jamais résignée à l'incarnation, jamais consentante à l'encombrement de la chair. Elle s'accroupit à la tamile, les bras ballants posés sur les genoux. Elle toucha l'herbe éparse et la poussière, ocre et chaude.

Elle posa ses genoux, son front au sol. On lui avait longtemps appris à chercher Dieu dans le ciel et plus tard dans l'esprit. Mais où était Dieu dans cette pourriture qu'on appelait la vie ? « Il faut que je trouve, murmura Lysiane, il le faut. »

Les femmes, inquiètes, s'étaient rapprochées. Des pieds nus, craquelés par la sécheresse, des pieds aux ongles rouges, aux doigts parés d'or et d'argent encerclaient le corps tendre, replié en boule. Une des *amas* se pencha sans bruit, posa sa main sur l'épaule arrondie :

— *Sèri, mâ, sèri.* Va, va. Ça va aller, ça va aller, viens maintenant, viens.

*

La lumière baissait. Christophe n'était pas encore passé. Lysiane s'assit à la fenêtre. Elle ne voyait que les toits et le ciel, mais elle savait qu'au crépuscule, dans les milliers de villes de l'Inde, une multitude bigarrée sort et s'infiltre partout, dans les rues, les *tea shops*, les bazars, les emporiums. Elle savait que dans les bidonvilles de Calcutta, de Delhi, de Bombay, à la lumière blafarde des lampes au kérosène, des millions de corps se traînent dans la fiente et dans la boue et grignotent les restes de table trouvés dans les poubelles de l'aéroport ou de l'hôtel de luxe à proximité. Des rats. Lysiane n'avait ni mépris ni dégoût. Mais à quoi servait sa compassion ?

La nuit tombe, dit-elle tout bas. Des obsessions recouvraient de plus en plus bruyamment ses pensées. Christophe ne venait pas.

Elle n'était plus rien. Rien qu'un petit bout de chair douloureux entre des murs nus. Et la chair meurt. « Ni ceci ni cela », disait l'*Upanisad*. Elle n'était plus qu'un appel. Voilà tout ce qui restait. Un appel, sans mots, sans cri.

*

Christophe arriva à six heures quarante-cinq. Il avait insisté suffisamment pour qu'on lui permette d'entrer en dehors des heures de visite. Il trouva Lysiane assise à la fenêtre. Il n'eut pas à la déranger, elle se tourna vers lui.

À l'étincelle de ses yeux, elle sut immédiatement qu'Auroville avait dit oui.

— Excuse-moi, je n'ai pas pu venir avant. C'est OK pour Auroville. Tu vas venir chez moi. Tiens, je t'ai apporté un livre au cas où tu ne pourrais pas sortir ce soir. On va demander?

Lysiane acquiesça, ne sachant pas très bien à quoi elle acquiesçait. Ils allèrent voir le gardien, qui appela une infirmière. Elle leur confirma que la patiente devait obtenir l'autorisation de la psychiatre en chef avant de quitter l'hôpital et que cette dernière serait là le lendemain à neuf heures. Christophe regarda Lysiane et prit rendez-vous pour le lendemain à neuf heures.

— Tu veux que je vienne? demanda-t-il.

Bien sûr qu'elle voulait qu'il vienne. En retournant à sa chambre, elle lui dit:

— La psychiatre veut me donner des électrochocs.

Il s'arrêta, la fixa. Elle avait l'air calme.

— Ils n'auront pas le temps, tu vas partir avant. Je reviens demain matin. Prépare tes affaires.

Et il ajouta, l'air complice:

— Bonne nuit!

Lysiane allait rentrer chez elle, à Auroville. Rien ni personne ne l'en empêcherait. Il y avait eu la rencontre inattendue avec Richard, la détermination féroce de Christophe, et il y avait le pari des Auroviliens.

La bataille n'était pas gagnée, mais la partie était neuve. La jeune femme se demanda soudain si elle saurait jamais contre qui ou quoi elle se battait. Certaines personnes de son entourage avaient suggéré ou même affirmé l'intervention possible de forces adverses dans son dérèglement, et personne ne l'avait catégoriquement nié. Personne, sauf un vieux disciple de l'ashram qu'elle avait rencontré, à l'aube, au bord de la mer. Le soleil se levait sur la baie du Bengale. Les pêcheurs étaient déjà occupés dans leurs barques précaires aux voiles bleues ou orangées poussées vers le large. La ville blanche était encore déserte.

Le vieux disciple marchait en clopinant comme il l'avait fait tous les jours, à la même heure, depuis quarante ans. Lysiane avait reconnu l'ashramite. Elle était allée vers lui et avait dit que des forces hostiles s'étaient emparées d'elle... Il l'avait regardée. « *It's a lie ! It's all false. You are sane. You are pure. It's a lie.* » Son regard tranchant était resté posé sur elle. Puis il était reparti, tranquillement. Pourquoi ne l'avait-elle pas cru ? Pourquoi ?

Lysiane s'était allongée. « Peut-être, se dit-elle, peut-être qu'on ne se bat qu'avec son propre mensonge. » Elle entendait son cœur battre patiemment, indéfiniment. Le mantra de son corps, le mantra de tous les corps depuis la nuit des temps. Des millions de corps, des millions de cœurs, des millions de mains qui serrent les poings ou tendent les paumes vers l'infini. Des millions de regards plus blancs et plus noirs que tous les nirvanas et tous les néants. Une pulsation chaude gonfla sa poitrine, un rythme sourd, un rythme sombre et profond, le chant d'invisibles tablas. C'était peut-être le cœur de l'Inde.

*

Le lendemain matin, la psychiatre accepta de les recevoir à neuf heures et demie. Son bureau occupait la moitié de l'espace, indiquant ainsi l'importance de la personne qui y travaillait. Elle s'assit derrière son mastodonte et les fit asseoir de l'autre côté, en face d'elle.

— Qu'est-ce que je peux faire pour vous? demanda-t-elle en anglais à Lysiane. Vous n'êtes pas satisfaite de votre traitement?

Lysiane prit bien son temps.

— Je veux quitter l'hôpital.

La psychiatre regarda alternativement Lysiane, puis Christophe, puis Lysiane.

— Vous venez à peine de commencer le traitement. Si vous êtes venue ici, c'est que vous en aviez besoin.

Christophe était attentif, mais restait silencieux.

— Écoutez, Mademoiselle, enchaîna la psychiatre, je vais être très franche avec vous. Je ne peux pas vous empêcher de partir, mais il est de mon devoir de vous avertir – et elle appuya bien sur chacun des mots suivants – que, dans l'état où vous êtes, si vous quittez l'hôpital, vous resterez folle toute votre vie.

Le silence se posa sur tous les objets de la pièce. Un envoûtement. Lysiane se tourna vers Christophe. Leurs yeux se croisèrent. L'œil bleu ne disait rien. Il était là. Lysiane baissa les paupières, les releva.

— Je veux partir, Madame.

*

Des autos-taxis *Ambassador* faisaient la file dans le stationnement de l'urgence. Les chauffeurs, appuyés nonchalamment sur leur voiture, palabraient en attendant la clientèle. Shiva coupa sa phrase au beau milieu. Il suivait des yeux une jeune femme blanche qui se dirigeait vers la route. Les autres chauffeurs se tournèrent dans la même direction : un homme plus bronzé que blanc marchait aux côtés de la femme d'un pas allègre.

— *Auroville aya*, dit l'un des Tamils. C'est un gars d'Auroville.

Et il expliqua qu'une heure plus tôt, quand le *vélékaran* était arrivé, lui, Ramalingam, était dans l'entrée de l'urgence. Il avait remarqué que le Blanc avait les pieds rouges, teintés par la terre d'Auroville. Les Tamils de Pondi et des environs avaient appris à distinguer rapidement les Auroviliens des autres touristes occidentaux à la couleur de leurs pieds.

Christophe leva le bras et, d'un geste vif, appela un rickshaw.

Se sentant rassuré pour la jeune femme, Shiva raconta aux autres comment, quelques jours auparavant, il l'avait trouvée malade et désespérée sur le bord de mer de Pondichéry.

— Elle est peut-être enceinte, avança l'un d'eux. Ça rend parfois les femmes bizarres.

Un autre était persuadé que cela venait de certaines herbes maudites que des bandits mêlaient parfois à « l'herbe ». Un troisième, plus réfléchi, émit l'hypothèse d'une *dingo fever*. Cette maladie-là donnait des fièvres terribles qui provoquaient parfois une série d'hallucinations.

Shiva quitta discrètement ses amis. Il se rendit au bord de la route, là où une *amma* s'installait quotidiennement pour vendre des guirlandes de fleurs enroulées en grosses boules serrées. Il acheta deux coudées de jasmin tout frais et, sans dire un mot à personne, se dirigea vers son taxi. Une fois assis, il referma la portière malgré la chaleur intense qui emplissait la voiture. Il garda longtemps les yeux clos. Puis, il toucha avec les fleurs sa bouche et son front, et lentement leva le regard vers Shiva, le dieu qui danse.

Deuxième partie

La guerre

Le jour se levait. Christophe ouvrit les yeux et regarda distraitement le toit de sa hutte. Puis il l'observa. « Plus le moindre souvenir des plafonds de Belgique, pensa-t-il. Ils devaient tous être blancs et lisses. » Par contre, la texture des feuilles de palmier était gravée en lui, profonde et sombre. L'Inde laisse des traces. Il tourna la tête. À quelques mètres, enroulée dans un drap blanc, Lysiane dormait. Un mois avait passé depuis son retour de l'hôpital. Elle n'avait pas bronché. Pas la moindre crise. Elle parlait peu et n'avait jamais pleuré devant Christophe. Pourtant, quand il marchait à ses côtés, il sentait chez elle une tension dans la poitrine. Une grenade sur le point d'exploser. Mais rien n'avait jamais éclaté. Elle avait terminé depuis longtemps les médicaments emportés de Jipmer et n'avait pas renouvelé la prescription. C'était bon signe. Christophe n'éprouvait pas de désir pour cette fille ; ce qui l'unissait à elle était moins volatil que le désir. Il tenait pourtant à respecter sa décision. Il respectait toujours ses décisions. Il lui demanderait de partir. Pour aller où ? Les maisons étaient rares. Il détourna les yeux, se leva et sortit.

Un sentier bordé d'herbes hautes le conduisit à une douche à ciel ouvert. L'eau froide le mit de bonne humeur. Il se dirigea ensuite vers le Matrimandir où, comme tous les matins, il alla se percher avec les corbeaux.

Plusieurs Auroviliens croyaient qu'une fois terminé, le Matrimandir, et en particulier la chambre intérieure dont la Mère avait eu la vision exacte, serait une architecture initiatique. La structure du lieu mettrait les visiteurs en contact avec une certaine qualité d'énergie, et ce, qu'ils y croient ou non, qu'ils le veuillent ou non. Chacun des piliers représentait un des aspects de la Mère Divine : au nord, Mahakali, la Force ; à l'est, Mahalakshmi, la Beauté ; au sud, Maheswari, la Sagesse ; à l'ouest, Mahasaraswati, les Œuvres. Christophe choisit le côté ouest. Du haut des échafaudages, il voyait le banian et l'entrée de la route où des Auroviliens rebelles et des membres de la *Society*, les « propriétaires », s'étaient affrontés quelques mois plus tôt.

« La guerre, se dit Christophe, la guerre en minuscule, dans un champ de poussière rouge, sur un sol déjà dévasté par la bêtise humaine. Il n'y a pourtant pas de pétrole sur ce plateau de latérite. » Il se rappela alors que sans la guerre, il ne se serait peut-être jamais installé à Auroville.

*

À son arrivée en Inde, Christophe ne s'était pas senti prêt à affronter le désert rouge. Moins à cause du désert que de ses habitants. Il les trouvait un peu primaires. Il avait alors loué une chambre dans un *guesthouse* de Pondichéry et avait commencé à travailler bénévolement à la cuisine de l'ashram de Sri Aurobindo. Il s'habillait à l'indienne et toujours en blanc. Il allait au *Samadhi* deux fois par jour et passait le peu de temps qu'il lui restait à lire sur le yoga. Trois fois par semaine, il suivait des cours de sanskrit dans le but d'avoir accès aux Védas dans la langue d'origine.

Christophe ne connaissait rien à la querelle entre la *Society* et les Auroviliens. Il refusait de s'y intéresser jusqu'au jour où le propriétaire du *guesthouse* où il habitait l'appela et lui ordonna de quitter les lieux dans les quarante-huit heures. Abasourdi, Christophe demanda pourquoi il devait partir. L'homme lui répondit sans le regarder qu'il avait d'autres clients. Le Belge lui rappela alors qu'à son arrivée, il avait été entendu qu'il pouvait habiter au *guesthouse* aussi longtemps qu'il le désirait s'il respectait les règlements.

— *I don't remember*, répondit l'Indien en faisant semblant de classer des dossiers sur son bureau.

— Y a-t-il eu des plaintes contre moi ? demanda Christophe.

Le propriétaire se leva :

— Je n'ai pas le temps de discuter.

Mais Christophe lui barra la route.

— Vous savez très bien qu'au beau milieu de la saison touristique, tous les *guesthouses* sont pleins. Je ne me trouverai rien dans les quarante-huit heures.

L'autre lui jeta un regard méprisant :

— Allez à Auroville, dit-il. Vous avez des amis là-bas. Allez les retrouver.

« Que vient faire Auroville dans cette histoire ? » se demanda Christophe. Il n'avait pas d'amis à Auroville. Il n'y connaissait que vaguement un Belge et un Australien de la *Green Belt*.

Le soir même, Christophe apprit par d'autres « expulsés » que le propriétaire du *guesthouse* était lié à certains administrateurs de la *Society*, originaires de Bombay comme lui. Il avait demandé à tous les étrangers de quitter les lieux par mesure de représailles contre les étrangers d'Auroville qui faisaient la pluie et le beau temps sur le Plateau. Ces *foreigners* avaient chassé les professeurs de l'ashram des écoles d'Auroville, ils tiraient la langue aux touristes et refusaient d'obéir aux administrateurs.

Christophe trouva une chambre dans un hôtel du centre-ville de Pondi. On y suffoquait malgré les efforts grinçants d'un ventilateur rouillé. À la tombée de la nuit, Christophe se rendit compte qu'une large fenêtre dont il s'était d'abord réjoui laissait entrer la lumière criarde d'un réverbère et les bruits de toute la rue. De plus, l'endroit se révéla infesté de moustiques, et le matelas, peuplé de punaises.

À cinq heures, Christophe n'avait pas encore dormi. Il sortit de l'hôtel et marcha vers la mer.

*

Ce jour-là, en bon *saddak*, le jeune Belge se rendit au travail comme à l'habitude. Il rentra à l'hôtel tard dans l'après-midi et demanda un matelas propre. Le gérant lui en promit un, « avant la nuit ». Christophe s'étendit à même le sol, la tête posée sur son sac à dos, et s'endormit. Il se réveilla quelques heures plus tard, persuadé d'avoir manqué de peu le repas du soir de l'ashram. La consigne était claire : on ne servait pas les retardataires. Christophe alla directement à la cuisine où il travaillait depuis plusieurs mois. Il savait qu'il restait toujours du riz et très souvent du *dhal*. Ses compagnons de travail lui donneraient quelque chose, ne serait-ce qu'une tranche de pain. Il se trompait. Personne ne voulut lui ouvrir. On fit mine de ne pas le voir, de ne pas l'entendre frapper aux carreaux, de ne pas le reconnaître.

Écœuré, Christophe rentra dans son trou sordide sans avoir rien avalé. Il n'avait plus faim. Il se recroquevilla sous le ventilateur, nu, hébété. Qu'était-il venu faire dans cet endroit insensé ? Qu'avait-il à voir avec des aspirants à une supra-humanité qui se comportaient comme des barbares ? À son étonnement, une réponse monta de son propre corps. Une voix grave qu'il ne comprenait pas mentalement, mais qu'il comprenait tout de même.

Le jour suivant, Christophe se rendit à Auroville. Il alla voir le Belge de la *Green Belt* qu'il trouva, au fond d'un canyon, en plein travail de contrôle d'érosion. Il lui demanda de l'héberger le temps de se trouver une hutte près du Matrimandir où il avait décidé de travailler. Le Belge à turban acquiesça. Il y avait de la place.

— Je plante des arbres avec trois travailleurs tamils. Tu pourras nous aider. De temps en temps, ajouta-t-il en souriant, je m'arrête pour fumer un *bedie* ou un joint.

Il donna un ou deux coups de barre à mine, puis reprit :

— Ce qui ne va pas, ce n'est pas le travail, c'est que Mère est partie. Je lui en veux d'être partie. Elle nous a laissés tout seuls avec des tigres.

Christophe sourit intérieurement devant cet homme d'un mètre quatre-vingt qui, un *longhi* enroulé autour des hanches, manipulait avec aisance une barre à mine tout en se plaignant que la Mère l'avait abandonné.

Le Belge à turban était en réalité mi-Belge, mi-Suisse allemand, et il ressemblait à un Viking. Il s'appelait Yan, mais se faisait appeler Dourga, du nom de la déesse guerrière de l'Inde. C'est par lui que Christophe apprendrait l'histoire de la bagarre entre la *Society* et les Auroviliens.

*

À son premier jour à Auroville, Christophe échangea sa *kurta* blanche contre un t-shirt et un short. Dourga lui donna à transporter des récipients de métal, des *tchattis*, et deux *momptis*, des pelles à manche court. Il prit lui-même deux barres à mine. C'était Pongal, la fête des récoltes, célébrée à la pleine lune de janvier. Les ouvriers tamils étaient en congé ; ils assisteraient sûrement à la course de vaches de Kuilapalayam. Pour l'occasion, expliqua Dourga, les fermiers peignent en rouge, vert, bleu ou jaune les cornes de leurs vaches. Ils leur posent de nouvelles clochettes, les chargent de lourds colliers de fleurs et les font courir avec ou sans chariot. Comme il avait déjà vu le spectacle, l'Aurovilien préférait profiter de l'aide de Christophe pour refaire un barrage en terre que la dernière mousson avait emporté. Après une heure de travail, il s'accroupit à la tamile, sortit de son sac un thermos rempli de thé brûlant et des verres d'inox. Tout en buvant, Christophe raconta comment on l'avait mis dehors du *guesthouse* de Pondi et posa des questions au sujet de la *Society*. Dourga répondit que la *Society* était le propriétaire légal des terres et l'administrateur officiel d'Auroville. Il expliqua :

— Ça ne devait être qu'un travail et une formalité mais… En 1973, quand Mère est partie, un des administrateurs de la *Society* s'est autoproclamé *chairman* à vie. Je ne sais pas très bien comment ça s'est passé. Je ne sais pas pourquoi les autres administrateurs n'ont pas réagi. Je ne sais pas s'ils étaient d'accord, ou s'ils n'ont pas osé s'opposer. Nous, les

Westerners, on gueule ; les Indiens sont plus passifs.

— Tu le connais, ce *chairman* ? demanda Christophe.

Dourga sourit :

— Avant, il fallait le rencontrer pour devenir Aurovilien. Je lui ai parlé une fois ; ça m'a suffi. Ce genre d'homme ne m'intéresse pas. C'est un manipulateur. Je l'ai souvent vu au Centre, autour du Matrimandir. Il venait en van, avec l'architecte, examiner les travaux de construction. Maintenant, on ne les voit plus, ni l'un ni l'autre.

Il se leva, s'adossa à un cocotier et alluma un *bedie*.

— Tu fumes ? demanda-t-il à Christophe. Les *Ganesh bedies*, c'est la meilleure marque ; ils sont emballés dans du papier rose.

Puis il reprit.

— Ces gens-là se croient très supérieurs aux Auroviliens. Ils ont les pieds et les mains propres. Nous, on travaille dans la terre, avec les Tamils des villages. On est des Harijans pour eux, des hors-caste, des esclaves au service du Grand Œuvre dont « ils » sont responsables.

Il lança son *bedie*.

— Ils n'ont rien compris. Les arbres ont des racines. Leur monde à eux n'a pas de racines. Il va disparaître.

Christophe et Dourga reprirent le travail en silence.

Plus tard, en rentrant à la maison, Christophe demanda :

— Concrètement, qu'est-ce qu'on reproche au *chairman* ?

— Écoute, Christophe, moi je plante des arbres, la politique ne m'intéresse pas. J'ai longtemps refusé de me joindre aux rebelles.

Il remit en place son turban.

— D'abord, certains Auroviliens du Centre ont reproché aux administrateurs de prendre des décisions sans consulter les Auroviliens. Ceux-là, je les soupçonnais de vouloir prendre le pouvoir à la place des autres. Mais l'an passé, le *chairman* a coupé les fonds et bloqué le compte en banque d'Auroville. Ça ne m'a pas plu. La *Society* reçoit les dons et les subventions destinés à Auroville. Les administrateurs n'ont pas le droit de les garder. Les Auroviliens qui n'ont pas de fric personnel crèvent la dalle et le travail n'avance pas. Qu'est-ce que tu veux qu'on fasse de ce désert, si on n'a pas d'argent ? Ensuite... tu connais Aspiration ?

Christophe fit non.

— Une communauté d'une centaine de personnes, en majorité des Français. Ils sont plus délinquants que les gens du Centre. Ils ont fait sauter le cadenas d'une hutte où personne n'habitait et ils l'ont occupée. La hutte était réservée au *chairman*, mais il n'y mettait jamais les pieds. D'accord, c'était un acte de provocation. Mais plutôt que d'essayer d'en discuter intelligemment, plutôt que de faire une assemblée, plutôt que de saisir l'occasion de régler des problèmes, le *chairman* a appelé la police tamile. Ça non plus, je ne l'ai pas apprécié. Mère ne voulait pas de police à Auroville.

Il fit une pause.

— Les flics ont occupé Aspiration pendant une semaine. Finalement, ils ont arrêté huit gars, tous des *foreigners*. Ils les ont foutus en taule.

Christophe s'immobilisa. Allait-on un jour demander à tous les étrangers de quitter Auroville comme on lui avait demandé de quitter le *guesthouse* de Pondi ? Que deviendrait alors le projet de la ville qui appartient à l'humanité dans son ensemble? Un faux-semblant?

— À New Delhi, raconta encore Dourga, ils en ont marre d'Auroville. Ça fait des mois que le gouvernement reçoit des plaintes de l'ashram, de la *Society*, des Auroviliens. Ils n'en peuvent plus. Ils ont même parlé de renvoyer chez eux les quatre cents personnes qui habitent le Plateau, et de fermer le site. Ils le trouvent un peu trop dérangeant, le rêve de Mère. Et, surtout, ils ont peur qu'il tourne au cauchemar.

Le Belge à turban rassura toutefois Christophe: des personnes courageuses avaient finalement pris parti pour les rebelles et pour Auroville. Un disciple français de la Mère, des membres du gouvernement de Delhi et un homme d'affaires très influent étaient intervenus auprès des plus hautes autorités du pays et s'étaient engagés à sortir le projet de l'impasse.

— Si tu entends parler des « amis de Delhi », a-t-il dit, c'est d'eux qu'on parle. Mais la révolte est enclenchée. Personne ne peut l'arrêter.

Dourga se tut un long moment. Puis...

— Un matin, j'ai trouvé des villageois dans mon jardin. Ils avaient coupé la clôture et commençaient à arracher les arbres que j'avais plantés. J'ai essayé de leur parler, mais comme ils ne voulaient rien comprendre, je les ai jetés. Je savais qu'ils reviendraient. J'ai demandé à tout le monde de venir m'aider. Les villageois sont revenus le lendemain matin avec des *goundas*. Les *goundas*, ce sont des vauriens. Eux, ils tapent. Mais on était cinquante à la réception. Ils sont partis. La *Society* loue à des villageois des terres sur lesquelles habitent et travaillent des Auroviliens. Nous, on met du compost et on plante des arbres.

Eux arrachent tout et mettent des engrais chimiques et des pesticides. Alors, moi aussi je me bats.

Il arma une barre à mine comme un javelot, courut à grandes foulées, lança l'arme de toutes ses forces, se tourna vers Christophe et éclata de rire.

*

Dans les mois qui suivent l'arrivée de Christophe, la guerre se propage à tout Auroville, même au Matrimandir d'où l'on expulse un des administrateurs de la *Society* et les personnes qui lui restent fidèles.

Depuis que le *chairman* a bloqué les fonds, des Auroviliens se réunissent une fois par semaine pour ce qu'ils appellent des « Pour tous meetings ». Ce jour-là, une soixantaine de rebelles sont rassemblés sous le banian à proximité du Matrimandir. Christophe est parmi eux.

De loin, on les dirait réunis pour une fête champêtre. Des rires fusent et se mêlent aux cris des oiseaux cachés dans le feuillage. Des enfants blonds courent autour du tronc massif. Presque tous sont d'ailleurs. Venus à Auroville quelques mois ou quelques années plus tôt, ils se lancent à corps perdu dans une aventure dont ils mesurent mal les enjeux. Poussés par le besoin qui les enflamme, ils sont prêts à tout perdre et à tout vaincre, les mains nues. Mais si quelques-uns sont les instruments aveugles d'une force qui les dépasse et qui les meut, d'autres savent qu'ils reprennent une ancienne bataille. Ils ont reconnu sous leurs déguisements neufs les anciens tyrans : grands-prêtres, commandants en chef, inquisiteurs. Certains sont plus difficiles à repérer : ils se cachent jusque parmi les rebelles.

On annonce le début du meeting. Le ton est rude ; les rires cessent. On explique une fois de plus, pour ceux qui ont encore des doutes, les raisons de la révolte. Et surtout, on insiste sur le fait que les propriétaires légaux, en mal de pouvoir et de gloire, veulent faire d'Auroville non pas une aventure vers une nouvelle conscience, mais un gigantesque business spirituel. Les rebelles ne veulent pas servir ça. Ils ne veulent pas non plus partir. Ils croient au rêve. Ils veulent empêcher les administrateurs de pervertir la pensée de Mère, les empêcher de tuer le rêve.

La lutte prend de plus en plus l'allure d'une « guerre sainte » avec tous les dangers d'abus et de fanatisme que cela comporte. Les administrateurs ont le pouvoir de l'argent. Ils ont le pouvoir de la loi, la connaissance de gens d'influence et l'avantage d'être indiens. Certains revendiquent le fait d'avoir été nommés par la Mère elle-même à la direction du projet d'Auroville. Les rebelles ont la jeunesse qui ose tout, souvent n'importe quoi, l'occupation physique d'une grande partie du territoire et, surtout, la foi. Quelques-uns, par nature, ne dédaignent pas le pouvoir. Leur ruse, leurs manipulations, leur fanatisme rendent parfois profondément mal à l'aise les autres rebelles. Pourtant, ils jouent un rôle important dans la bataille.

Au cours du « Pour tous meeting » sous le banian, un des leaders informe l'assemblée que la *Society* projette de tenir des réunions et des méditations régulières. Jean, le titi parisien, arrive au même moment sur son vélo et gueule à l'arrière du petit rassemblement : « Ils arrivent ! Le bus de la *Society* plein de gens de Pondi est sur la route d'Edayanchavadi. Ils viennent méditer dans le Matrimandir. »

La nouvelle crée un remous. « Il faut faire vite », disent certains. « Faire quoi ? » répondent d'autres.

— Il faut empêcher la *Society* de reprendre, ne serait-ce que symboliquement, le Matrimandir, lance un grand maigre. On a eu trop de mal à les en chasser pour tout recommencer !

— *Let's go block the road entrance*, suggère un petit frisé à l'air malin.

Sa proposition est acclamée. Tout le monde se lève et le suit.

La foule se resserre à une trentaine de mètres de l'entrée de la route. Certains rebelles, un peu nerveux tout de même, parlent fort et rient, d'autres s'assoient en silence.

— *What's the point ?* réfléchit soudainement tout haut le grand maigre. On est dans un champ ! Ils peuvent laisser le bus sur la route principale et se rendre au Matrimandir à pied par n'importe quel côté. On ne va tout de même pas courir après eux comme après des lapins !

À la mention des lapins, la foule rigole puis se tait bientôt. Long silence chargé de doute.

— *The point is very clear*, répond enfin avec un lourd accent français un baraqué à longues moustaches blondes. Nous disons que nous ne sommes pas d'accord. Pas d'accord avec leur méditation collective, pas d'accord avec leur mensonge. Mère connaissait bien les êtres humains et leur manie de tourner toutes les aventures spirituelles en culte et en religion. Elle ne voulait pas de méditation collective dans le Matrimandir. Ils le savent aussi bien que nous. Le Matrimandir n'est qu'un chantier et ils se ramènent en procession avec leurs saris blancs et leurs bâtons d'encens. Qu'est-ce que ce sera quand il sera terminé ? Et puis on n'y croit pas à leur méditation. C'est un prétexte. On a chassé la *Society* du Matrimandir, on n'accepte plus leur fric pour le construire et ils en crèvent. Ils veulent reprendre le terrain, reprendre le contrôle. C'est ça, leur méditation. S'ils passent à côté de la route, qu'ils passent. Nous, on leur dit qu'on n'est pas d'accord. Pas d'accord et pas dupes.

À peine a-t-il fini sa phrase que le bus de la *Society* arrive. Ses occupants savent déjà que des Auroviliens les attendent.

— Ces gens sont des criminels ! s'exclame une dame en sari blanc en mettant le pied à terre. Ils utilisent les paroles de Mère pour faire de la politique.

Mais comme elle et les autres supporters de la *Society* font eux aussi de la politique, ils ne contournent pas l'obstacle mais s'entassent en plein soleil à quelques mètres en face des rebelles. Puis un de leurs dirigeants va avertir la police locale que des criminels, la plupart étrangers, empêchent les propriétaires des lieux de passer pour aller méditer.

Quand la police se présente, Peter, un des leaders rebelles, enfourche sa moto et file au premier poste de téléphone pour informer « les amis de Delhi » de la situation.

*

Christophe a assisté au meeting sous le banian et à l'arrivée des gens de la *Society*. Ensuite, il est rentré chez lui. Sa maison est isolée et, au crépuscule, les voleurs sont toujours aux aguets. Le lendemain matin, il s'étonne d'apprendre que l'occupation continue. Il se rend à nouveau sur le champ de bataille où les deux armées ont passé la nuit.

La plupart des gens des deux camps se connaissent. Plusieurs ont travaillé ensemble à la construction du Matrimandir avant la guerre. Les rebelles, femmes, hommes et enfants, chantent en canon et racontent le plus de bêtises possible dans toutes les langues en usage pour dédramatiser la situation et garder l'atmosphère joyeuse. Devant eux, des policiers tamils discutent et les toisent de temps en temps. Plus loin, une petite foule hétéroclite, surtout des gens de Pondi, mais aussi quelques villageois et habitants d'Auroville, attend que les forces de l'ordre chassent les criminels.

Brusquement, le ton change. Le sous-collecteur somme les protestataires de s'écarter et ordonne à ses hommes de préparer la charge. Chez les rebelles, l'atmosphère s'alourdit. On demande à ceux qui ont reçu un « ordre de quitter le pays » de rentrer dans leur communauté. On ne peut risquer leur expulsion. « De toute façon, souligne le grand maigre aux lapins, si on se retrouve tous en prison, qui prendra soin d'Auroville ? »

*

Au premier article de la charte de la ville, la Mère a écrit qu'Auroville n'appartenait à personne. Elle ne l'a pas écrit pour rien. Ailleurs, elle a aussi écrit : « Auroville, ville internationale libre, pas de police, pas d'armée. » Les membres de la *Society* l'ont oublié. Pas les Auroviliens, pas tous les Auroviliens. Ils ont vingt-cinq ans. Ils ont besoin du rêve. Ils posent leurs guitares et se taisent. Ils n'en veulent pas aux policiers tamils mais ils ne peuvent pas se plier aux ordres. Ils s'assoient ensemble dans la poussière rouge et ferment les yeux. « Le mantra, souffle encore le grand maigre, on récite le mantra. »

— *Two minutes*, crie le surintendant qui pâlit un peu à l'idée de matraquer les jeunes étrangers assis en silence les yeux fermés.

— *One minute.*

Et puis… plus rien.

Christophe ouvre les yeux. Les policiers s'en vont. Il regarde son voisin.

— Un miracle ? dit-il.

Ils éclatent de rire tous les deux.

— Ils nous faussent compagnie ? C'est pas gentil, répond l'autre, perplexe.

Il s'ensuit une certaine confusion. Finalement, on trouve une explication. Peter, qui assure la liaison avec les amis de Delhi, est, semble-t-il, accouru sur les lieux au moment où la police allait charger. Il a tout arrêté. « C'est fini, a-t-il dit aux policiers, on va les laisser passer. C'est fini. » Une fois les policiers partis, il explique aux autres que les « amis » suggèrent fortement de laisser méditer les *devotees*. Il faut perdre la bataille pour gagner la guerre.

On sent chez certains un soulagement, chez d'autres un malaise. N'est-on pas en train de tomber dans le piège politique ? Christophe et Geneviève, une fille d'Aspiration, partent à grandes enjambées vers le Matrimandir. Ils vont, disent-ils, arroser le ciment frais tout en haut de la structure, manière discrète d'asperger par la même occasion la méditation qui aura lieu en bas.

— *Well*, réfléchit tout haut le baraqué à moustaches, ils doivent avoir compris qu'on n'est pas d'accord.

— Tu crois que ça change quelque chose pour eux ? réplique le petit frisé.

Quelques semaines plus tard, une quarantaine de rebelles sont réunis une fois de plus sous le banian. Ils savent que certains d'entre eux sont recherchés. La police se présente, guidée par des hommes de la *Society*. L'un d'eux pointe du doigt les personnes à arrêter. Parmi elles, le baraqué et le petit frisé. Quand les policiers veulent se saisir des accusés, les Auroviliens se soudent les uns aux autres de telle manière que les policiers n'arrivent pas à défaire l'écheveau. La tension et l'agressivité montent jusqu'à ce que les rebelles se précipitent pêle-mêle dans les vans de la police. On est forcé de tous les amener à Tindivanam ou à Villipuram. Tous, sauf un. On l'abandonne sur la route à plusieurs kilomètres d'Auroville. Il s'appelle Krishna, il a la peau noire, il est africain. Les policiers n'en veulent pas dans leur prison.

*

Deux mois plus tard, seul avec les corbeaux perchés dans les échafaudages du Matrimandir, Christophe s'interrogeait encore sur le sens de cet affrontement. Parfois, en plein combat, les soldats ne savent plus pour qui ou pour quoi ils se battent. Ils voudraient quitter les tranchées, serrer leurs ennemis dans leurs bras et rentrer chez eux. « On est venu incarner l'unité humaine et on se bat, se dit-il une fois de plus. Mais quoi faire d'autre ? Quoi faire avec des gens qui veulent l'unité à coups de matraque ? Comment peut-on, d'un côté, prêcher l'unité humaine au monde entier et, de l'autre, faire emprisonner les gens qui ne voient pas les choses comme nous on les voit ? » Il s'arrêta. « Comment des Auroviliens, il y en avait encore plusieurs, pouvaient-ils continuer d'appuyer la *Society* ou refuser de prendre position ? » Évidemment, les rebelles n'étaient pas tous de grands yogis, loin de là. Et Christophe n'était pas sûr de ce qu'ils auraient fait s'ils avaient eu le pouvoir du *chairman* de la *Society*. Mais pour le moment, ils n'avaient pas ce pouvoir. Le jeune Belge se prit à souhaiter que certains ne l'aient jamais.

Le mantra

En revenant chez lui, Christophe trouva Lysiane en train d'écrire. Il s'approcha. Elle avait les yeux bien trop immenses pour ne pas avoir compris. « Il faut que tu te cherches une maison », lui dit-il tout de même.

La jeune femme déménagea le lendemain dans un abri de gardien de nuit adjacent à la pompe du Matrimandir. Une pièce bruyante et noire.

Une fois Lysiane partie, Christophe, armé d'un balai géant, se mit à enlever les toiles d'araignée de sa toiture. Au milieu de l'opération, il lança son balai : « A-t-elle seulement cherché ? » se dit-il. Il s'assit, retrouva son calme : « Les circonstances extérieures ne semblent pas beaucoup l'intéresser. » Avant le départ de Lysiane, Christophe avait jeté un coup d'œil sur le cahier où elle écrivait. Toutes les pages étaient couvertes d'un mantra, un seul et unique : *Om namo bhagavaté, Om namo bhagavaté, Om namo bhagavaté…*

*

L'état de Lysiane Delambre n'avait pas vraiment changé depuis Jipmer. Elle avait appris à serrer les dents pour ne pas hurler. Elle s'étonnait d'ailleurs de si bien y arriver. Progressivement, était-ce un effet du mantra, la peur eut moins d'emprise sur elle. Les pensées troubles et les obsessions se calmèrent. Restait la souffrance. Une souffrance sans cause connue, sans objet. Dans une lettre adressée à son frère, mais jamais expédiée, elle écrivait : « Il n'y a que l'absence, et l'absence fait mal. Je ne pourrai pas tenir longtemps dans cette douleur vide, je finirai par sombrer dans l'inexistence, debout, les yeux ouverts, pour ne plus avoir mal. »

Mais elle tenait. Accrochée au mantra qu'elle répétait inlassablement dans « le trou dur », ce cœur qu'elle n'avait pas. « Il doit y avoir quelque chose d'enfoui dans cette absence pour que je continue de marcher, de me brosser les dents, de tendre ma moustiquaire… pour que je continue de brûler comme une braise impossible à éteindre. » Le changement viendrait de l'intérieur, ou il ne viendrait pas. Elle le savait.

*

Lysiane ne resta pas longtemps dans l'abri du gardien. Un matin, Gilbert, qui s'était si férocement opposé à son retour à Auroville par peur des forces adverses, vint la voir. Il lui avait trouvé une maison, dit-il. La jeune femme le suivit. Elle avait renoncé à comprendre quoi que ce soit à ce qui lui arrivait.

Gilbert s'engagea dans le sentier aux herbes folles. Il était très grand, très mince. Plus âgé que Lysiane, il lui parlait avec condescendance et un humour qui frôlait le sarcasme. Ses mots écorchaient au passage. Lysiane ne disait rien, presque rien, elle répondait aux questions sans interrompre la chaîne intérieure de son mantra.

De sa fenêtre, Christophe les vit passer. C'est lui qui avait eu l'idée de cette maison pour Lysiane. Quelques mois plus tôt, les rebelles avaient tellement harcelé les occupants que ces derniers, amis de la *Society* soupçonnés de pratiques occultes douteuses, avaient cadenassé portes et fenêtres et étaient partis. Depuis, par peur de la police et des mauvaises vibrations, personne n'osait y mettre les pieds. Un peu de courage et deux coups de barre à mine avaient permis de récupérer l'endroit. Christophe prit soin de le nettoyer lui-même, physiquement, à coups de balai, et subtilement, à coups de bâtons d'encens.

Gilbert s'arrêta. Lysiane fit quelques pas devant lui. Deux grandes portes jaune paille laissaient entrer le soleil du matin jusqu'au milieu d'une large pièce ocre clair. À gauche de la terrasse, un arbuste faisait à lui seul office de jardin. C'était un grenadier couvert de fleurs rouges. La Mère avait appelé ces fleurs « Amour Divin ».

La présence du grenadier rassura Lysiane autant que sa rencontre avec Richard à l'hôpital de Jipmer. On ne l'abandonnait pas.

La maison était jolie. Elle datait des débuts d'Auroville. On y avait placé un lit, une table, une chaise longue. Le mur du fond était fait de solides placards de bois. La douche et les sanitaires n'étaient pas très loin dans le jardin. Lysiane rangea ses affaires, désherba et arrosa le grenadier. Puis, elle n'eut plus rien à faire. « Il faut que tu t'assoies et que tu apprennes à rester tranquille », lui avait dit Gilbert en l'accompagnant. Elle ne faisait que ça depuis des mois.

Le soir venu, la jeune femme s'installa à la terrasse. Le chant des grillons rendait la nuit feutrée. La lune se levait, orange, immense, derrière les mils et les échafaudages illuminés du Matrimandir. Une petite chouette se posa et la regarda fixement. Le grenadier se balançait dans l'ombre. « OM », murmura Lysiane. « OM ». C'était le son de l'univers. Combien de fois lui faudrait-il encore le répéter ? Quel était le plus court chemin entre l'absence et l'Amour Infini ? « Il n'y a pas de chemin », avait dit un sage chinois. Ou était-ce un sage indien ? Lysiane renversa la tête vers la Voie lactée si présente dans le ciel de l'Inde. « Tout est chemin… »

*

Lysiane Delambre devint la maîtresse de Gilbert. On la crut amoureuse, elle ne l'était pas. Elle observait cette relation, la plupart du temps désagréable, tantôt avec curiosité, parfois avec stupeur. Gilbert avait le sens de l'humour sauf quand l'humour s'adressait à lui. Il était paternaliste et même machiste. Il faisait partie de ce genre d'hommes qui se croient tenus, on se demande pourquoi, d'humilier les femmes et, si possible, de les dégoûter d'elles-mêmes. Lysiane se demandait si elle n'était pas devenue masochiste.

Pour célébrer la mousson, Gilbert eut l'idée saugrenue de faire un feu dans sa maison au toit de chaume. « Au mieux, dit-il, ça enlèvera l'humidité. Au pire, avec la pluie qu'il fait, ça fera de la fumée. » Il en riait d'avance. Il invita, outre Lysiane, un ami français de l'ashram. L'ami apporta du scotch importé. Lysiane les regarda vider leur bouteille. Ils racontaient les pires idioties. « Ailleurs, se dit-elle, je serais partie tout de suite. Ici, je ne sais pas comment m'échapper sans avoir l'air de faire la morale ou de manquer de solidarité. » Auroville, la ville sans loi, avait déjà son code social, ou plutôt ses codes sociaux. Ils variaient d'un groupe à l'autre, d'une communauté à l'autre, d'une tribu à l'autre.

La jeune femme finit tout de même par s'en aller, seule, sous la pluie. Elle était mal à l'aise. Ça ne pouvait plus durer. Sa relation avec Gilbert lui avait sans doute épargné une solitude qu'elle n'aurait pu supporter. D'autre part, Lysiane s'était demandé si son « flip » n'était pas dû à une abstinence sexuelle prolongée. On ne se guérit pas facilement de Freud. Sa liaison avec Gilbert l'avait délivrée de ce doute. Le lendemain, elle alla le voir et lui demanda de rester son ami. Il lui répondit sans la regarder que ça ne l'intéressait pas. Elle fit demi-tour et rentra chez elle.

Le même jour, Lysiane alla à Pondichéry. Elle s'acheta des fils, des cordes, tout ce qu'il fallait pour tisser, crocheter, tresser. Chaque ouvrage devint un moulin à mantra.

*

À la fin de 1977, un cyclone s'abattit sur le sud-est de l'Inde. Il fut suivi de pluies interminables. À la lueur d'une bougie, la jeune femme écrivit à Philippe, son frère : « Il fait tout le temps si sombre que je ne peux même plus tisser. Les murs sont couverts de champignons, mes pieds aussi. L'impression de pourrir debout. Pourtant, si je rentrais au Canada, je mourrais. Je ne sais pas si je mourrais physiquement mais je mourrais. »

Vint alors une première fièvre. Épouvantée à l'idée d'avoir encore une fois à demander de l'aide, Lysiane se mit au lit et n'en bougea plus. Une nuit, elle fut réveillée par une douleur à la poitrine. En se rendormant, elle fit un rêve qu'elle nota le lendemain :

« J'étais un être jeune et doux, ni femme ni homme. J'avançais à tâtons dans un labyrinthe sombre. Je cherchais le passage. Dans ma poitrine. Quand je me suis réveillée, la conscience de l'être que j'étais dans le rêve était superposée à ma conscience habituelle. J'en suis restée imprégnée, et apaisée. »

La fièvre revint à plusieurs reprises. Lysiane la craignait moins. En Inde, on a souvent la fièvre. De plus, la pratique du yoga peut entraîner des réactions physiques un peu désagréables. Elle faisait cependant attention de ne pas « prendre le ciel d'assaut ». Des *saddaks* de l'ashram lui avaient répété : « Si vous sentez une Force au-dessus de la tête, c'est bien, c'est la Force de Mère. Mais ne tirez pas, ne tirez pas sur la Force. Ouvrez-vous à elle, appelez-la, mais ne tirez pas. » Toutefois, aucune fièvre, aucun furoncle, rien ne pouvait l'empêcher de réciter le mantra. Il se répétait parfois tout seul dans son sommeil.

Un jour, Madeleine, une voisine, la trouva grelottante sous un amas de couvertures. Elle était pâle et amaigrie ; elle avait le visage boursouflé. Madeleine s'inquiéta. Il n'y avait pas de médecin à Auroville. Elle fit venir Julien, un homéopathe. « On dirait un empoisonnement », dit-il. Il interrogea longuement la malade et lui donna une série de granules pour « aider le corps à trouver la solution ». La température persista et même augmenta. Lysiane n'était plus qu'un mantra enfoui dans la fièvre. Elle n'avalait plus rien et paraissait indifférente à son état et à l'environnement. Madeleine décida de la faire transporter dans l'un des dispensaires de Pondichéry ou, s'il le fallait, à Jipmer. Lysiane ne protesta pas. Mais il pleuvait si fort, les routes étaient si mauvaises qu'on dut remettre le voyage au lendemain. Dans la nuit, la fièvre chuta et ne revint pas.

*

La mousson prend souvent fin brusquement. Un matin, le ciel est bleu, l'air est frais et les verts, parfaitement lumineux. On sait que le beau temps ne partira plus.

Lysiane reprit son travail d'artisanat et planta des fleurs dans le jardin. Elle ne parlait à aucun Aurovilien, pas même à Madeleine ou à Julien, de ce qui s'était passé et de ce qui se passait en elle. Seul son frère avait droit à quelques confidences : « Quand la fièvre m'a quittée, lui écrivit-elle, je suis restée étourdie. Mais je n'avais plus mal, le trou dur n'existait plus. À la place, on aurait dit des ailes. Depuis, bien des choses sont arrivées. Si j'étais devant toi aujourd'hui, je te sauterais au cou en te disant : “Le Divin existe, le Divin existe !” Tu demanderais s'il a une barbe blanche ou s'il est imberbe. Je ne peux pas tout te raconter, mais... Le Divin, pour moi, c'était une hypothèse de joie, de beauté, de vérité, de perfection. Et cette hypothèse-là pouvait, pourquoi pas, emprunter une forme humaine pour se rapprocher des hommes, se rendre accessible à leur entendement. Les derniers mois, j'étais si mal, j'appelais le Divin comme une mère. Je pouvais ainsi me blottir dans ses bras. Mais ce qui m'est venu, ce que j'ai senti, perçu, c'est un océan de lumière. Une force-lumière, or, blanche ou cristalline. Quand elle pénètre le corps, cette lumière bouleverse les énergies, transforme les mécanismes, affecte même la substance physique. Imagine une maison que l'on aurait barricadée il y a des années. Et un jour, le soleil et le vent forcent portes et fenêtres et s'engouffrent là-dedans. Tu comprends ? Ça va mieux. La panique est passée. Sois tranquille. »

Les Auroviliens qui avaient côtoyé Lysiane remarquèrent un changement. Jean, le titi parisien toujours aussi basané et enturbanné, en fit d'ailleurs un remarquable commentaire, un midi, en attendant la soupe.

— Elle a changé, elle a changé… les gens changent en arrivant à Auroville. Ils changent ou ils s'en vont. Seulement, elle, elle est partie de loin. Le Canada, c'est loin !

Il éclata de rire, fier de sa plaisanterie, puis enchaîna :

— Non mais tout le monde le sait, ce n'est pas la maladie ça, c'est une transformation psychique, psy-chi-que. Alors… elle vient la soupe ou quoi ?

L'humeur des communautés environnant le Matrimandir n'était pourtant pas à la rigolade. La tension entre les rebelles et ceux qu'on appellerait plus tard « les neutres », ceux qui refusaient de choisir un camp, prenait des proportions dramatiques. D'autant plus dramatiques que le conflit n'opposait plus des Auroviliens à des administrateurs de Pondi mais des résidents d'Auroville à d'autres résidents d'Auroville. Christophe quitta le Centre à cause de la mollesse et de l'indécision des gens qui y habitaient. Lysiane qui, dès son arrivée à Auroville, s'était rangée du côté des rebelles, avait été trop occupée à résoudre ses propres guerres internes pour participer très activement à la bataille collective. Ou peut-être cela avait-il été sa manière à elle d'y participer. Un après-midi, en revenant de la mer, la jeune femme s'arrêta au *tea shop* de Maya, à deux pas du village de Kuilapalayam et de la communauté d'Aspiration. De là, elle aperçut une capsule, mini-hutte haut perchée sur des piliers de granit. Elle décida d'y emménager.

Deux jours plus tard, elle rapporta du Centre quelques affaires et vint se poser dans sa maison d'oiseau. Elle étendit d'abord une natte de vétiver, y déroula son matelas et accrocha aux baguettes du toit la moustiquaire qui la suivait partout. L'endroit était sorti d'un rêve d'enfant. La fragile structure tanguait dans le vent, éphémère. Il faisait nuit quand Lysiane acheva de ranger ses papiers, lettres, dessins, poèmes dans une mallette de cèdre rouge fabriquée par Kumarswami, un jeune menuisier du village. Assise sur le plancher de son perchoir éclairé par une lampe à kérosène, elle arrêta son geste et tendit l'oreille. Des vagues de musique venaient jusqu'à la capsule. Lysiane descendit l'échelle de casuarinas et de cordes de jute solidement attachée aux lattes de *pacaramaram* du plancher.

Le lieu était étrange, avec toutes sortes de constructions abandonnées. Au loin, une pyramide inachevée se détachait du ciel. Dans la lumière de lune qui enveloppait les champs, même le béton déchu semblait vibrer à la voix du violoncelle. Une voix grave et rassurante que Lysiane suivit. Au milieu d'une étonnante architecture rouge brûlé comme la terre dont elle semblait émerger, elle aperçut un jeune musicien au crâne rasé, légèrement incliné sur son archet. Sans bruit, Lysiane s'allongea sur le muret en pente douce, l'écouta et s'endormit.

Aspiration

Lysiane n'avait jamais visité Aspiration. En se rendant à la cuisine pour le petit-déjeuner, elle découvrit un charmant village où des huttes aux larges volets de toile blanche étaient éparpillées dans les jardins. À l'entrée de la salle à manger, sous le bougainvillier débordant de fleurs pourpres, une fille aux lunettes épaisses, bouquin à la main et *bedie* aux lèvres, l'aborda. Elle disait l'avoir rencontrée lors de l'occupation de la route du Matrimandir. Lysiane n'arrivait pas à se rappeler. Sur l'entrefaite, une dame aux cheveux blancs vint trouver Janine, la fille au *bedie*. Toutes les deux entrèrent en grande conversation au sujet de bégonias et de « lumière sans obscurité », nom que la Mère avait donné à une magnifique fleur blanche. La conversation aurait pu durer des heures quand Janine se rappela qu'elle devait voir Raoul pour lui emprunter Murti, le meilleur maçon du village. « Si je traîne, Raoul va partir », dit-elle en poussant la porte tournante de la salle à manger. Lysiane la suivit. Assis aux solides tables de tek, une dizaine de gars et de filles buvaient du thé dans des tasses aussi grandes que des bocks à bière. Ils avaient tous le crâne rasé.

Janine disparut à la cuisine. Elle revint avec deux tasses et des tranches de pain. Sur le comptoir, un chaudron d'aluminium et une louche faisaient office de théière communautaire. Elle remplit les tasses de thé au lait, en tendit une à Lysiane et l'amena s'asseoir à une table voisine de celle des tondus. Janine, qui parlait à toute vitesse sans cesser pour autant de fumer, de boire son thé et de jeter de temps en temps un coup d'œil à son roman, Janine donc, qui habitait une communauté voisine, raconta à Lysiane qu'une nouvelle crise d'hystérie collective secouait Aspi. Ils se faisaient tous *motteils*, le mot tamil pour chauve. Raoul, qui perdait ses cheveux, avait commencé le bal trois jours auparavant. Puis, quelqu'un avait trouvé ça génial et la contagion s'était déclarée. Maintenant, c'était l'épidémie. « Aspiration n'en est pas à sa première vague de folie, a soutenu Janine. C'était bien pire quand ils ont brûlé les livres de la bibliothèque », s'exclama-t-elle.

— Dis pas de mal d'Aspiration, Janine, sinon on t'interdit de séjour à la cuisine, lança un des gars au torse nu et aux gros bras de la table voisine.

Le ton n'était pas inoffensif, nota Lysiane.

— Pourquoi ont-ils brûlé les livres? demanda-t-elle.

— Ils ont brûlé le vieux monde, il paraît. Alors maintenant on descend à Pondi, à l'Alliance française, pour emprunter le vieux monde! Tu veux plus de thé?

Lysiane tendit sa tasse. Elle avait entendu parler de la destruction des livres. L'histoire avait soulevé de fortes protestations dans Auroville. « Curieux, se dit-elle, on dirait qu'on est en train de tout mélanger. »

Janine rapporta des tasses bien pleines et d'autres tranches de pain. Les tondus de la table d'à côté quittaient leur place et étaient remplacés par d'autres tout aussi tondus. Raoul vint fumer un dernier *bedie* et boire un ultime thé avec les deux filles. Janine et lui réglèrent leur échange de maçons puis il s'informa gentiment du déménagement de Lysiane. « Si tu as besoin de quoi que ce soit, ne te gêne pas. De toute façon, on se verra trois fois par jour à la cuisine. » Comme il allait partir, Lysiane demanda:

— Et qui coupe les cheveux?

*

Dans l'après-midi, sur la vaste pelouse en face de la cuisine d'Aspiration, Lysiane et Christophe se présentèrent en même temps pour se faire raser.

— Qu'est-ce que tu fais là? demanda Christophe, surpris de voir Lysiane.

— J'ai déménagé à Aspiration pour me faire *motteil*, répondit la jeune femme.

— Moi aussi, bien sûr ! reprit Christophe en riant. On est tous là pour ça. Il faut espérer qu'après, on ne nous enverra pas au bûcher !

Ce fut leur tour de passer au rasoir. Raoul, l'œil noir pétillant derrière ses petites lunettes rondes, assistait avec délices à ce qu'il qualifiait de noble sacrifice.

— En fait, dit-il, on devrait désormais demander à ceux qui veulent habiter Aspiration de se faire raser. À l'examen du crâne, on pourrait déterminer qui est digne de vivre ici et qui ne l'est pas. On mettrait Murielle en charge de l'examen, assistée de Justin et d'Antoine. Antoine ou Béatrice, c'est pareil. Si on perfectionnait l'examen, on pourrait peut-être arriver à savoir qui est apte à la transformation supramentale, qui peut servir de terroir à la nouvelle espèce et qui ne le peut pas.

— Arrête, Raoul ! protesta Geneviève, la violoncelliste transformée en coiffeuse pour la circonstance. Tu as déjà fait le bordel en te rasant, alors, s'il te plaît, arrête.

Au cours de la conversation qui suivit, Lysiane et Christophe apprirent que la blague *motteil* était en voie de tourner au drame. Les adolescents et quelques adultes n'avaient aucune envie de se faire raser. Mais certaines têtes fortes d'Aspiration avaient décidé de faire d'un joyeux happening communautaire un événement à caractère symbolique et sacré. Dès lors, tout le monde devait y participer. Janine n'avait donc pas tort de parler d'hystérie, mais Lysiane comprit que l'hystérie était moins collective qu'on aurait pu le croire. Les véritables hystériques étaient peu nombreux, mais ils s'imposaient lourdement.

— Les ados, ça va, dit Cédric, l'un des coiffeurs, mais les filles avec leurs beaux cheveux longs, elles sont ridicules.

Geneviève s'arrêta au milieu de son geste.

— Les ridicules, dit-elle, ne sont pas ceux qui refusent de sacrifier leur ego à un autre ego plus vorace.

Christophe et Lysiane se regardèrent. « Ainsi donc, songea Christophe, il y aurait un fond de vérité dans les accusations de fanatisme portées contre les plus fervents rebelles d'Aspiration. » Lysiane, de son côté, se rappela sa discussion du matin avec Janine au sujet de la destruction des livres. Décidément, on était en train de tout mélanger.

L'inquiétude des autres

À dix mille kilomètres de la pelouse où tombaient les mèches des Aurovilien, une femme se réveilla en sursaut. Inquiète.

Au Québec et partout dans le monde, les sectes se multipliaient. Les sectes et les histoires sordides : manipulation, fraude, drogue, abus sexuels, suicide collectif. La liste s'allongeait. C'est de l'Inde qu'était venue la mode des gurus.

La mère de Lysiane n'avait de ce pays que des images de misère et de souffrance. « Des êtres rachitiques méditant sur des tas de détritus, ne pouvait-elle s'empêcher de penser. Ça, la sagesse ? »

Jacqueline Delambre ne connaissait rien à la réincarnation, aux balades en dehors du corps, aux dieux à quatre bras bleus ou rouges. Elle connaissait le travail et la possible beauté du monde. Elle vivait dans un pays de glace où la douceur est difficile à faire naître. Sa religion était simple : prendre soin des êtres et des choses. Les ascètes et leurs contorsions spirituelles ne l'intéressaient pas. « Des irresponsables, jugeait-elle. Ils feraient mieux de nettoyer leur pays et de nourrir leurs enfants. »

Lysiane disait qu'à Auroville, c'était différent. On méditait en plantant des arbres et en râpant des carottes. Était-ce bien vrai ? Elle parlait aussi de la Mère. Jacqueline Delambre avait depuis longtemps perdu confiance dans les curés et les papes. Elle fuyait les églises et les confessionnaux. Mais elle priait. Elle priait une Mère qui prend le monde dans ses bras. Était-ce la même Mère ? Elle ferma les yeux. Des images de Lysiane la hantaient. Que lui importaient les ascètes, les gurus et les sept cents millions d'Indiens. C'était leur pays, leur vie. « Après tout, se dit-elle, si ça les amuse, eux, la boue et la laideur ? » Mais Lysiane était sa fille. Elle en était responsable pour toujours. Dans ses dernières lettres, elle ne parlait plus de revenir. Était-elle aussi bien maintenant qu'elle le prétendait ? Comment savoir ? « Je parlerai à Philippe, se dit Jacqueline Delambre. Une fois de plus. »

Philippe lui-même ne savait plus que penser ni que faire. Il adorait sa sœur et, malgré les angoisses de sa mère et les excès de rage de son père contre « ce pays de saints squelettes », il lui faisait confiance. Lysiane n'était pas raisonnable, cela avait commencé bien avant l'Inde. Mais cette fois, est-ce qu'elle n'exagérait pas un peu ? Est-ce qu'elle n'allait pas gâcher sa vie ?

Jacqueline Delambre insista lourdement pour que son fils aille à Auroville.

— Sinon, dit-elle, j'irai moi-même !

— Mais maman, tu n'as jamais voyagé, tu ne te rends pas compte. L'Inde…

— J'irai !

Quelques semaines plus tard, Philippe rentrait chez lui après une journée harassante au bureau. Il était comptable. C'était la fin de l'année fiscale. À dix-sept heures sur l'autoroute Ville-Marie, il neigeait à gros flocons. « Début avril. Dernière tempête ? » L'entrée du pont Champlain était bloquée sur des kilomètres.

La veille, Philippe avait reçu une lettre de sa sœur. « Pourquoi diable se sont-ils tous fait raser ? Comme les disciples de Krishna qui dansent dans les rues en tuniques roses ! » Il essaya de faire le point. Quelques mois plus tôt, Lysiane était à l'hôpital dans un état effroyable. Elle voulait revenir vite. Il lui avait envoyé de l'argent pour le billet. Entre-temps, elle était retournée à Auroville. Elle avait changé d'idée. « Est-ce qu'on l'a fait changer d'idée ? se demanda Philippe. Est-ce qu'on l'a empêchée de partir ? Est-ce qu'Auroville est une secte ? » Coups de klaxon. Le chauffeur de la voiture arrière s'impatientait. Philippe mit la radio. « Neige collante. C'est partout au ralenti. » Il grogna et l'éteignit. « Maintenant, elle n'a plus peur, elle n'a plus mal. Auroville est le paradis. Et là-dessus, ils sont une centaine à se faire raser ! Pourquoi pas ! Est-ce qu'on les drogue comme le pense maman ? » Il sourit : « Il y a de quoi fabuler. Qu'est-ce que j'ai fait à Dieu pour avoir une sœur pareille ? Même en Inde, elle trouve le moyen de m'embêter ! » Toute petite, Lysiane venait le réveiller et dormir près de lui parce que, disait-elle, il y avait des fantômes. Elle était trop loin. Il ne pouvait plus chasser ses fantômes.

Philippe Delambre décida de faire enquête sur Auroville.

*

Un ancien compagnon de théâtre de Lysiane mit Philippe sur trois pistes : le Centre Sri Aurobindo, lieu de méditation ; O-Pti-Zoizo, une commune et épicerie d'alimentation naturelle que Lysiane avait fréquentée ; et David Sloans, un sociologue spécialiste du phénomène des sectes. Philippe s'adressa d'abord à lui.

Sloans avoua ne pas avoir entendu parler d'Auroville depuis longtemps. « C'est sans doute bon signe, fit-il remarquer. En principe, ce n'est pas une secte, en tout cas, pas une secte dangereuse. Mais laissez-moi quelques semaines. C'est plein d'Européens là-bas, je vais joindre mes collègues français. » Il conseilla à Philippe de visiter le Centre Sri Aurobindo et O-Pti-Zoizo pour se faire lui-même une idée du milieu. « En cas d'urgence, dit-il, vous pouvez toujours m'appeler. »

Au Centre Sri Aurobindo, un appartement propre et moelleux de la rue Saint-Denis, tout baignait dans l'encens. Une dame d'un certain âge, qui connaissait Auroville et Lysiane, baissa les yeux quand Philippe lui posa des questions. « Le Centre, dit-elle, est davantage lié à l'ashram de Pondichéry. » Elle envoya son visiteur à la Société pour Auroville. Là, un homme d'âge mûr le reçut gentiment. Il n'avait jamais habité Auroville mais connaissait bien l'Inde, Pondichéry et le yoga. Il expliqua clairement que la pensée de Sri Aurobindo est diamétralement opposée à l'esprit sectaire. Sri Aurobindo avait été l'un des premiers à annoncer la rencontre de l'Orient et de l'Occident et à parler d'unité humaine.

— Mais, rétorqua Philippe, on a fait les Croisades et l'Inquisition au nom du Christ. Est-ce que les disciples font bien ce que Sri Aurobindo aurait voulu qu'ils fassent ?

Le monsieur sourit calmement.

— Évidemment... je crois qu'ils essaient mais... Est-ce que votre sœur est allée en prison ?

Philippe blêmit.

— Elle est allée à l'hôpital mais elle ne m'a pas parlé de prison.

Le monsieur s'excusa de sa maladresse et raconta le peu qu'il savait de l'agitation des dernières années à Auroville.

— Vous savez, l'humanité est ainsi faite qu'il suffit de parler d'unité pour que la guerre éclate. L'ego n'aime pas ça. Et puis, de loin, les choses ont toujours l'air dramatiques. Enfin, expliquer la querelle aurovilienne dépasse mes qualifications, ajouta-t-il en souriant, mais je peux vous montrer Auroville. J'ai des diapos.

Delambre sortit de ces rencontres plus que perplexe. « Ça sent l'église et le schisme, conclut-il. Sur les diapos, Auroville a l'air d'une ferme expérimentale ou d'un chantier de construction, plutôt photogénique d'ailleurs. Mais les photos mentent bien. » Lysiane ne lui avait jamais parlé de la bagarre. Pourquoi ?

*

Comme Sloans ne donnait pas de nouvelles, Philippe se rendit à l'épicerie O-Pti-Zoizo, boulevard Saint-Laurent près de la rue Ontario. Là aussi ça sentait l'encens, mais pas le même. À l'odeur de musc et de patchouli se mêlaient celles de la coriandre, du basilic, de l'huile d'olive et de toutes les graines en vrac dans des paniers d'osier. Un homme dans la trentaine, cheveux longs, crâne large, lisait derrière le comptoir.

Jean-René leva la tête et souleva les sourcils : « Pas un client habituel », se dit-il. Au premier contact, les deux hommes sympathisèrent. « Vous connaissez Lysiane Delambre ? » demanda Philippe sans préambule. L'épicier, qui n'en était pas un, ferma boutique, le temps d'aller prendre un café avec son visiteur.

Il amena Philippe dans ce qu'il appela un restaurant jaune orange, un restaurant typiquement montréalais, aux sièges de plastique, où l'on sert des omelettes western et espagnoles comme plat principal et du pouding au riz pour dessert. Philippe s'en étonna. Jean-René travaillait dans un magasin d'aliments naturels. « Et alors ? Je fume aussi », lui dit l'autre d'un air malin. Il connaissait Lysiane et ne se cacha pas d'en avoir été amoureux. « Mais, se désola-t-il, Lysiane a peur qu'on la mette en cage. » Depuis son départ, il n'avait eu aucune nouvelle et fut enchanté d'écouter Philippe. Très attentif, il ne parut pas s'inquiéter outre mesure des difficultés de Lysiane et de la bataille aurovilienne. Il était lui-même allé en Inde, avait habité Pondichéry et visité Auroville. Il gronda Philippe :

— Tu connais ta sœur mieux que moi, la drogue ne l'a jamais intéressée ; et puis écoute, les Auroviliens ne mettent pas de haschich dans la soupe ! Ils n'ont même plus de lentilles à mettre dans la soupe. Il y en a qui fument, c'est certain, mais ici aussi.

— Et pourquoi se faire raser ?

— Je ne sais pas. Ils avaient peut-être tous des poux !

La bonne humeur contamina Philippe.

— Ta mère a raison, enchaîna Jean-René, tu devrais aller en Inde. On aime ou on déteste, mais ça change notre vision du monde. N'y va pas pour ramener Lysiane, elle est bien trop têtue. Vas-y pour voir les homo sapiens s'épouiller au bord des routes. Sapiens à l'état brut. Ça fait réfléchir.

— L'Inde ne m'attire pas du tout, répliqua Philippe. Je ne comprends rien à ce pays. Ces gens ont des millénaires de culture et prennent plaisir à se vautrer dans la misère.

— Je n'y comprends pas grand-chose moi non plus. Le Canada, c'est plus facile. C'est vide. Tu prends une carte routière et tu as tout compris. C'est plat, ordonné et cohérent. Il n'y a que le Québec qui complique les choses. En Inde, on s'enfonce. On s'enfonce dans le temps, la foule, les mondes occultes, la boue. Tout ça ensemble. Après, on tombe malade et on ne sait pas si c'est la boue, la foule, les forces occultes ou les vies antérieures qui en sont responsables. Je t'assure, en arrivant à l'aéroport, ça commence. À Mirabel, quand on sort de l'avion, on marche et on respire. À Madras, on plonge dans un aquarium. On se demande si on est un homme ou un batracien.

Jean-René s'arrêta, jeta un coup d'œil au menu qu'il connaissait par cœur. Philippe, visiblement amusé, attendait la suite.

— C'est la même histoire à tous les niveaux. Et il y en a des niveaux en Inde. Ils s'empilent depuis 7000 ans, de l'Inconscience au Sat Chit Ananda. Tu sais ce que c'est que le Sat Chit Ananda ?

Philippe fit signe avec humour qu'il ne savait pas exactement.

— Moi non plus, avoua Jean-René. J'en parle mais... Existence Conscience Béatitude. Voilà ce qui nous attend si on s'identifie au Divin. La recette pour y arriver, c'est une autre histoire. Et le temps ? Qu'importe. On a l'éternité.

Il fit signe à la serveuse.

— Les Indiens connaissent des mondes et des mécanismes qui nous échappent complètement. Peut-être tout simplement parce qu'on les nie a priori. On m'avait dit : « Tu vas sentir tout naturellement des choses que tu ne sens pas ici. » J'étais sceptique. On devait dire ça pour entretenir la légende. Je n'y ai pas échappé à la légende, dit-il en s'esclaffant. Je me demande encore s'ils nous hypnotisent à la douane.

Il hésita, puis regarda Philippe fixement.

— À mon retour de l'Inde, pendant une semaine, je voyais des vivants et des morts. Quand je regardais les gens, dans la rue, dans le métro, n'importe où, il y avait des vivants et il y avait des morts. C'était net. Et je ne fume que du tabac. Alors, ce qui est arrivé à Lysiane...

— Je suis en train de me demander si tu me vois vivant ou mort, l'interrompit Philippe.

— Heureusement pour toi, ça s'est arrêté, sourit Jean-René.

Il se tut, tira ses cigarettes de sa poche.

— On perd son temps à parler de l'Inde. Il manque justement ce qu'on ne comprend pas.

— L'odeur ? demanda Philippe, l'œil moqueur.

— Oui, c'est ça ! répondit l'autre en éclatant de rire.

Philippe commanda une salade, Jean-René, un club sandwich et un café.

— Et le Tamil Nadu ? demanda Philippe.

— C'est un état. Ça veut dire le pays tamil. Ça grouille. Des humains partout. Petits, bruns, comme des fourmis. Paresseuses, les fourmis. C'est franchement sale. Les Indiens sont propres sur eux mais leur environnement, ça ne les concerne pas. Ils jettent tout par terre, défèquent n'importe où… L'Inde est une poubelle géante. Pourtant, j'ai aimé les Tamils. Dans les bus, ils s'endorment sur votre épaule. Au début, ça surprend. J'ai aimé Pondichéry. Le bord de mer de Pondichéry. D'habitude, je n'aime pas les bords de mer ; là, j'étais aimanté. Tu vas rire mais… j'avais l'impression que l'infini rentrait dans la Terre par là.

Il fit une pause.

— L'ashram, c'est propre. Une institution religieuse très organisée, très hiérarchisée. J'ai beaucoup de respect pour Sri Aurobindo et la Mère, mais l'ashram m'a ennuyé. La hiérarchie, le contrôle, on étouffe là-dedans. Les ashramites sont presque tous du nord de l'Inde, bien éduqués, polis. Les serviteurs sont des Tamils, évidemment. Il y a tout de même des personnes à l'ashram… en fait, pas seulement à l'ashram, en Inde, on se demande ce qu'elles voient avec des yeux pareils. Le regard vient de… je ne sais pas d'où il vient, leur regard. J'ai rencontré un porteur à la gare de Calcutta. Je ne pouvais pas m'empêcher de le contempler et de lui dire merci d'exister. Et il était porteur à la gare. Par contre, à Delhi, je suis allé voir un guru. Je n'ai rien vu, rien senti. Enfin, l'ashram dans vingt ans ressemblera à Lourdes et à l'oratoire Saint-Joseph : des vendeurs de médailles. Bien sûr, il y a le *Samadhi*. C'est un endroit chargé. On s'assoit et le ciel nous tombe sur la tête. Avant, en Inde, quand un guru mourait, on fermait l'ashram.

On ne gardait que le *Samadhi*, la tombe du guru. Les gens venaient s'y recueillir. De cette manière, on évitait les entreprises touristico-spirituelles.

— Et Auroville ? dit Philippe.

— Auroville… On se demande si c'est une oasis ou un mirage. Ou les deux. On se demande si on est en train de créer quelque chose de neuf ou de réinventer la roue. Peut-être les deux. Quand on arrive à Auroville par la route de Pondi, on aperçoit des ruines ; les ruines d'une ville qui n'a pas encore existé.

Jean-René s'alluma une cigarette.

— Des constructions abandonnées, faute d'argent pour les finir. De fausses ruines. Dès les débuts, il y a eu deux Auroville. Celle des gens de Pondi et celle des Auroviliens. Celle des plans des architectes et celle qu'on bâtissait au bord des canyons avec les villageois. La fiction et la réalité. Et selon moi, la réalité est plus fantastique que la fiction. Même si la fiction a été nécessaire pour faire naître la réalité. Alors ils sont paumés, les *planners* et les architectes. Ils avaient prévu les routes, les maisons, mais pas les Auroviliens ! Pas les très imprévisibles Auroviliens.

Jean-René cherchait les mots pour mieux exprimer ses souvenirs.

— Ce qui me reste de cet endroit, c'est une sensation d'insolite, d'inhabituel. Et un certain silence. La capacité des gens à être ensemble en silence. Pas un silence lourd. Un silence plein et doux. Ça, je l'ai senti. Mais pour vivre dans un endroit pareil, il faut… je ne sais pas ce qu'il faut mais je ne l'ai pas. Il n'y a rien. Un champ avec des chèvres et des vaches maigres. Et des moustiques.

La serveuse apporta les plats.

— Je me suis demandé ce qu'ils avaient en commun, les Auroviliens. À part leurs vingt-cinq ans, pas grand-chose. Ils viennent de tous les azimuts. Vraiment rien de très particulier sinon le besoin d'être à cet endroit. Chez certains, ça prend des proportions excessives. Ils ne veulent plus en sortir ! Mais d'où vient ce besoin ? Pourquoi ce besoin de vivre là absolument ?

— La peur ? demanda Philippe.

— Ce n'est pas très sécurisant, Auroville. Ni physiquement ni psychologiquement. La peur de quoi ?

— Appartenir à un groupe de gens qui ont un bel idéal, c'est sécurisant, non ? On sait pourquoi on vit.

— Mais je n'ai pas senti qu'ils appartenaient à un groupe. Ils appartiennent à Auroville. Ils s'identifient à Auroville. Bien sûr, plusieurs avaient lu Sri Aurobindo avant d'y venir et d'autres ont rencontré la Mère. Mais un grand nombre ne connaissent ni l'un ni l'autre ni l'idéal du projet quand ils arrivent. Ils tombent en amour avec l'air brûlant et le sable rouge. Ils sont enfin chez eux. C'est leur pays, leur seul pays.

— Lysiane m'a écrit quelque chose comme ça, admit Philippe. Mais quand elle est partie, elle m'avait tout de même expliqué qu'elle voulait vivre avec des gens qui avaient la même aspiration qu'elle.

— Oui, dans ce sens-là, c'est peut-être un groupe. De l'intérieur. Mais je t'assure, les mailles sont lâches, et même trop lâches. Un Aurovilien m'a déclaré : « On ne s'est pas choisis. On n'est pas des amis. On a choisi Auroville. Alors, il faut bien s'endurer maintenant. Il faut apprendre à vivre ensemble sinon on va perdre Auroville. » Une fille d'Aspiration m'a présenté les choses d'une manière différente. Il faut dire qu'à Aspiration, les gens vivent plus près les uns des autres que dans le reste d'Auroville. « Dans une famille, m'a dit cette fille, on n'a pas idée de contester l'existence de ses frères ou de ses sœurs. On les prend comme ils sont et on fait avec. Ils ont le droit d'être là autant que nous. Auroville n'appartient à personne. »

— C'est bien joli tout ça mais ils se battent, objecta Philippe.

— Oui, justement. Il y a des petits malins qui ont décidé qu'Auroville était à eux. Alors les autres ne sont pas contents. Ils sont venus pour Auroville, pas pour Podarville ou Smithville. Si on change les règles en cours de partie, ça ne va pas, ça ne va pas du tout. On a eu les mêmes problèmes dans la commune où je vis. C'est partout pareil. Il y en a toujours un qui veut s'approprier tous les droits et les pouvoirs en essayant de faire croire que c'est pour le plus grand bien des autres.

— Personnellement, dit Philippe, je crois qu'un idéal, quel qu'il soit, ne peut rien changer à la nature humaine. Et l'histoire de l'humanité est là pour le prouver. C'est une histoire de pouvoir, une histoire de dominants et de dominés.

— Je suis d'accord avec toi : l'idéal ne peut pas changer la nature humaine. Mais il peut peut-être pousser les hommes à trouver le moyen de la changer. L'idéal et le besoin. Ta sœur non plus ne croit pas que l'idéal peut changer la nature humaine. C'est pour ça qu'elle fait du yoga. Elle croit que, par le yoga, on s'ouvre à une autre conscience et que le changement de conscience mène à une transformation de l'être. Elle est partie parce que, selon elle, l'atmosphère de l'Inde est plus propice à cette transformation. Qu'elle ait tort ou raison, c'est une autre histoire. J'aime ta sœur ; si je croyais un seul instant qu'on puisse lui faire du mal, j'irais moi-même la chercher.

Jean-René croqua à belles dents dans son club sandwich. Philippe était content de l'avoir rencontré. Il lui dit qu'il reviendrait le voir de temps en temps si ça ne le dérangeait pas. Jean-René était ravi. Il parut tout d'un coup absent puis revint à Philippe, tout souriant.

— Tu sais ce qui m'avait frappé ? Les Auroviliens sont beaux.

*

Jean-René donna à Philippe les noms de personnes qui connaissaient Auroville. Il en contacta plusieurs. Puis David Sloans le rappela et lui donna rendez-vous.

— Avez-vous trouvé quelque chose ? demanda Sloans.

— J'arrive à un imbroglio, répondit Philippe. Les gens me disent : « C'est horriblement merveilleux et merveilleusement horrible. » Et ça correspond assez bien à ce que ma sœur semble vivre depuis qu'elle est là-bas. Agaçant, non ? Toutefois, même ceux qui ont détesté l'endroit jurent que ce n'est pas une secte. « Au moins, si c'était une secte, m'a dit quelqu'un ; c'est le chaos ! » Et vous, des nouvelles ?

— Oui. Vous pouvez rassurer votre mère, on n'a jamais retenu personne à Auroville. On aide même les gens à partir quand c'est nécessaire. Reste à savoir si Auroville est une secte. Pas très réussie comme secte. Les sectes ont horreur du flou. Déjà la Mère ne voulait pas de lois et maintenant… On vous a dit que c'est la révolution là-bas ?

Philippe fit signe que oui.

— C'est un projet qui pourrait bien mourir dans l'œuf, reprit le sociologue. Tout avait commencé sur les chapeaux de roues mais… On m'a tout de même parlé d'une chose dont l'évolution reste à surveiller. Certaines personnes qui ont récemment quitté Auroville soutiennent que le groupe des contestataires est noyauté par des fanatiques qui voudraient prendre le pouvoir et évincer d'Auroville tous ceux qu'ils jugent être des alliés conscients ou inconscients des forces adverses. Ils feraient pression sur les individus pour qu'ils se rallient à leur mouvement. Ils auraient un guru, un disciple de la Mère. Si c'est vrai, on a là les composantes parfaites d'une tendance sectaire. Un guru, les certitudes d'un guru, les disciples d'un guru, un pouvoir politique à prendre au nom de la Vérité ; et en face, les autres, les indésirables, et derrière les indésirables, les bonnes vieilles Forces adverses, le diable, quoi ! On n'est pas loin d'une chasse aux sorcières. Pour le moment, il semblerait que ces fanatiques ne représentent qu'un faible pourcentage des contestataires. Pour le moment. Je doute de la contagion. Le milieu n'est pas propice : trop anarchique, trop diversifié. Ils pourraient tout de même faire des ravages. Si votre sœur a besoin de s'identifier à ce genre de fanatisme, elle ira vers eux. Mais ce sera par choix ou par faiblesse. Il y a d'autres possibilités à Auroville. C'est tout de même à surveiller.

— Il n'y a pas lieu de trop s'inquiéter ? demanda Delambre.

— Non, répondit fermement Sloans. Votre sœur reste en contact avec vous, c'est très bon signe. Si le fanatisme ou toute autre forme de sectarisme gagnait du terrain, on le saurait très vite. Auroville est au fond de l'Inde, mais elle est ouverte à tous vents. Mis à part les cobras, votre sœur n'a pas trop à craindre. On reste en contact ?

Philippe déclara son enquête terminée et en envoya les résultats à sa sœur pour la mettre en garde contre le fanatisme et les cobras. Il trouva un jour dans sa boîte aux lettres une enveloppe inhabituellement épaisse et timbrée dans tous les sens à l'effigie du mahatma Gandhi. Elle contenait des photos des *motteils* et une dent de cobra. Lysiane écrivait :

« Le fanatisme existe à Auroville. Évidemment, cela n'a rien à voir avec une vraie spiritualité et m'apparaît plutôt lié à une étroitesse du cœur et de l'intelligence, ou à un violent désir de pouvoir drapé dans une *kurta* blanche. Jusqu'à maintenant, le fanatisme s'est surtout manifesté dans la bataille contre la *Society*. Et dans la bataille, il n'est pas toujours facile de le départager d'un radicalisme sain et essentiel à la lutte. Traiter nos ennemis de rats ou les arrêter sur la route pour leur cracher à la figure semble parfaitement insensé. Couper l'eau aux supporters de nos ennemis semble discutable. Quoi qu'il en soit, cette bataille n'a pas comblé la soif de combat de nos « fanas » qui, heureusement, ne sont qu'une poignée. Ils se jettent sur n'importe qui ou quoi ! Un ami de la veille devient un matin « pas clair » et, deux jours après, complètement obscur. De temps en temps, ils se battent entre eux, s'accusent mutuellement d'être les serviteurs des forces hostiles. C'est plutôt comique. Ce qui l'est moins, c'est qu'ils portent leurs accusations avec une telle force de conviction qu'ils nous empêchent tous de dormir la nuit.

En réalité, ce qu'ils réussissent le mieux à faire, c'est créer des dissensions inutiles au sein de la communauté déjà divisée et discréditer les vérités qu'ils disent vouloir défendre. Le disciple qu'on appelle leur guru n'habite pas Auroville et se défend bien d'être le guru de qui que ce soit. Il nous a beaucoup aidés dans la lutte contre la *Society*. Les supporters de la *Society* le détestent donc. Et nos « fanas », qui ont un grand besoin d'idolâtrer, ont jeté leur dévolu sur lui.

Philippe, je ne sais pas si Auroville est une secte. Je ne m'étais jamais posé la question avant que tu me la poses. Ce que je sais, c'est qu'Auroville, secte ou pas, m'a donné le temps et l'espace de chercher et de trouver le sens de mon existence. Auroville et l'Inde. Je suis née ici. »

Troisième partie

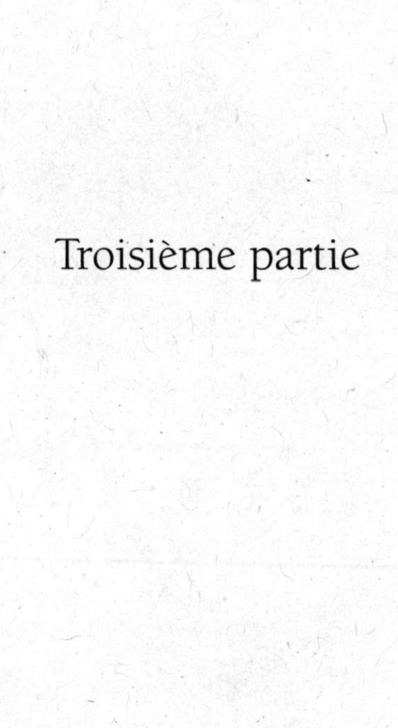

La vie

Dans les mois qui suivent l'événement *motteil*, les résidents d'Aspiration sont emportés par une vague qui n'a, cette fois, rien d'hystérique. Ils se réunissent tous les soirs pour écouter les enregistrements des conversations de la Mère avec un de ses disciples français, celui qui a pris position pour les Auroviliens dans la bataille, un des « amis de Delhi ». Le premier tome de ces conversations vient alors d'être publié à Paris en dépit de la violente opposition des autorités de l'ashram et de la *Society*.

La victoire du disciple donne de l'espoir aux rebelles. Un peu partout dans Auroville, la lutte pour le territoire se poursuit. On a souvent recours aux gens d'Aspiration lors des affrontements physiques contre la *Society* ou les « neutres » : ils ont le nombre, la volonté et l'enthousiasme. Lysiane et Christophe sont de la partie. La cuisine communautaire n'est plus, comme elle l'a été au moment des emprisonnements, le chef-lieu des rebelles, mais on y tient souvent des réunions d'information. Des rencontres à « volets clos » ont lieu dans les huttes des leaders et de ceux qui sont en contact avec les « amis ». Certains renseignements, disent-ils, ne peuvent être rendus publics ; ils pourraient parvenir aux oreilles des gens de la *Society*.

Bientôt la bataille cesse d'être l'occupation principale des Auroviliens, exception faite des deux ou trois représentants à Delhi. Avec des moyens de fortune, les rebelles réorganisent les finances et les services essentiels ; ils mettent sur pied des unités artisanales, relancent la construction, créent des troupes de théâtre, de musique et de danse et, à la demande des enfants, réinventent l'école. Ils forment aussi le premier groupe administratif autonome d'Auroville : la Coopérative. Mais au milieu de l'action, ils se rappellent que rien n'est encore gagné.

Progressivement, la situation sur le terrain se stabilise. Une guerre froide s'installe entre les rebelles et les « neutres » qui se croisent tous les jours sur les pistes rouges, sans se regarder.

À Delhi, par contre, la lutte s'intensifie. La *Society* reste très active sur les plans médiatique et politique. Au début de 1980, un des « amis » et un envoyé aurovilien examinent les possibilités de résolution du conflit. La tutelle gouvernementale est envisagée. Jugée la pire des solutions, elle est rejetée. Pourtant, quelques mois plus tard, les « amis » membres du gouvernement demandent la mise en tutelle temporaire d'Auroville.

L'entrée du gouvernement à Auroville va à l'encontre des recommandations de la Mère. Personne ne l'ignore. C'est, semble-t-il, à contrecœur et par crainte d'une escalade de la violence physique que les « amis » du gouvernement s'y résignent. Le disciple français de Mère, lui, réagit d'abord négativement à la demande de tutelle. Mais par la suite, Delhi lui donne l'assurance qu'un conseil international sera créé pour éviter des intrusions dans l'organisation d'Auroville et veiller à ce que la Charte et l'idéal soit respectés. Dans une lettre adressée aux Auroviliens, le disciple leur recommande alors d'accepter la tutelle. Le seul danger, leur écrit-il, est leur propre discorde.

Les représentants auroviliens organisent donc un « Pour tous meeting » : au nom des « amis », ils demandent aux rebelles d'accepter la mise en tutelle temporaire d'Auroville par le gouvernement de l'Inde.

Les Auroviliens ne seront pas mis au courant des craintes et des hésitations qui ont entouré la demande de tutelle. Les représentants admettent qu'une telle option comporte des dangers mais ils évitent de trop en discuter. Ils insistent sur le travail inouï accompli par les « amis » et sur la nécessité de les appuyer. Ils expliquent que la tutelle soustraira légalement le projet d'Auroville à l'administration de la *Society*, qui sera remplacée par une administration gouvernementale. Ils promettent que cette administration ne sera qu'une façade protectrice et qu'elle laissera aux Auroviliens la pleine liberté et l'entière responsabilité de leur organisation collective. La tutelle est, répètent-ils, une mesure temporaire d'une durée maximale de cinq ans qui donnera à toutes les parties le temps de trouver une solution permanente plus conforme aux volontés de la Mère.

Or, à peine l'acte de tutelle est-il voté au Parlement que la *Society* intente un procès au gouvernement de l'Inde. Elle l'accuse de s'ingérer dans un projet de nature religieuse. L'accusation surprend tout le monde. Sri Aurobindo a demandé qu'on ne fasse pas de son yoga une religion et la Mère a déclaré à plusieurs reprises qu'elle ne voulait pas de religion à Auroville. La *Society* a elle-même publié des textes à ce sujet. Autre désagréable surprise : des Auroviliens « neutres », par crainte, semble-t-il, des conséquences néfastes de l'entrée du gouvernement dans Auroville, appuient officiellement les déclarations de « religion » de la *Society*. Deux ans plus tard, en 1982, ladite *Society* perd son procès devant la Cour suprême de l'Inde. Les juges déclarent qu'Auroville n'est pas une religion. Le grand cirque qui suit toujours de près le passage des avatars et des prophètes n'aura peut-être pas lieu.

*

Sous la tutelle d'abord fort discrète du gouvernement indien, le violent différend entre les Auroviliens rebelles et les « neutres » persiste d'autant plus que les « neutres » ont appuyé la *Society* dans son procès contre le gouvernement. Mais on voit aussi apparaître des fissures dans le groupe des rebelles. L'unité s'affaiblit. Le pouvoir officiel n'appartient plus à la *Society* mais il n'appartient pas non plus aux Auroviliens. Les représentants du gouvernement ont reçu l'ordre de ne pas s'ingérer dans les affaires internes d'Auroville ; mais ils sont vite courtisés par les uns et les autres et souvent par les uns contre les autres.

Malgré tout, Auroville connaît une période d'accalmie, une période matériellement moins pénible, psychologiquement moins tendue, à tout le moins pour les rebelles qui forment la très large majorité des résidents.

Et les arbres poussent…

À cette époque, les Auroviliens changent aussi souvent de profession que de maison. Un tel, qui était dentiste, devient imprimeur. Un mécanicien devient comédien. Un libraire, entrepreneur en construction. Lysiane fait de l'artisanat mais reviendra bientôt aux arts de la scène. Cédric, infirmier en France, met sur pied avec Antoine une entreprise de confection de vêtements. Geneviève apprend à faire le pain mais n'abandonne pas pour autant le violoncelle. Petit à petit, la plupart d'entre eux trouvent le travail qui leur convient le mieux. Christophe devient fermier.

*

Christophe n'avait pas quitté le Centre uniquement pour des raisons politiques. La vie communautaire et le dynamisme d'Aspiration l'attiraient. Mais ce qui l'avait surtout séduit, c'était la bonne humeur entêtée et l'humour intarissable des gens qu'il rencontrait dans les meetings et les manifestations rebelles. Plus convaincus que quiconque du sérieux du combat, ils semblaient tout aussi convaincus de la nécessité de mener ce combat dans la joie, et même dans la rigolade. Après une année passée au Centre, Christophe tomba sous le charme.

Contrairement à Lysiane qui s'installa dans une capsule vacante sans en demander la permission, Christophe attendit plus d'un mois avant qu'on lui assigne une place dans une grande hutte aux volets blancs. Il partagea l'endroit avec un Français qui avait vécu plusieurs années à l'ashram de Pondi. Une dizaine de jeunes ashramites, Indiens et Français, femmes et hommes, étaient venus récemment se joindre aux rebelles d'Auroville. Et ce, malgré la forte réprobation des autorités de l'ashram qui, dans le conflit en cours, prenaient parti pour la *Society*. Aidés par quelques amis, les nouveaux venus mettaient sur pied une communauté, à proximité de Kuilapalayam. Leur but était de transformer un champ désert en ferme expérimentale où l'on utiliserait les énergies alternatives, éolienne et solaire. L'endroit s'appellerait Jaïma, « victoire à Mère ». Christophe était impressionné par leur capacité de réalisation matérielle et touché par leur souci écologique. Quand le puits de Jaïma fut creusé et les premières huttes bâties, l'ex-ashramite français, ingénieur et sculpteur, quitta Aspiration.

Christophe céda alors la grande hutte à une famille de quatre personnes. Il emménagea dans une petite maison d'allure moderne tout juste construite par un Aurovilien d'origine tunisienne. Ce grand gars maigre à la forte barbe noire lui raconta qu'il était artiste en arts visuels quand il avait vu, dans une vitrine de Marseille, la maquette d'Auroville, une ville en forme de galaxie. Il avait décidé sur-le-champ de connaître cet endroit et d'y étudier l'architecture. Et il l'avait fait. Mais l'architecte du projet, désespéré par la bataille entre les Auroviliens récalcitrants et la *Society*, coincé entre les deux parties et ne sachant plus laquelle choisir, était reparti en France. Qui construirait Auroville ? se lamentait le Tunisien. D'où viendraient les fonds pour construire la ville alors qu'il n'y avait même pas assez à manger ? Puis il avait retrouvé son sourire. « Il faut travailler, tu comprends ? avait-il dit à Christophe. Quand on travaille, Mère nous aide, elle nous donne tout ce qu'il faut pour continuer notre travail, même l'argent. » Puis il raconta au Belge qu'à son arrivée à Auroville, il ne voulait pas aller voir la Mère : « Pour moi, c'était une vieille femme. C'était la ville qui m'intéressait, tu comprends ? Et puis Roger, l'architecte, m'a persuadé d'y aller avec lui. On est donc allés à l'ashram, on est montés à la chambre de Mère. En entrant, on la voyait de dos, assise dans un fauteuil de bois de rose. Et je continuais de penser : « Une vieille femme… » On est passés devant elle, je l'ai regardée. Elle m'observait déjà. Elle voyait à travers moi. Comme un rayon X, tu comprends ? Elle voyait tout. Après cela, je n'ai plus jamais dit que c'était une vieille femme. »

Il y avait ainsi toutes sortes de gens à Aspiration et autour d'Aspiration. Une intensité de vie et de mouvement qui n'existait pas au Centre.

Un jour, Christophe apprit que l'Américain qui dirigeait une ferme un peu à l'écart d'Aspiration allait partir. Il décida de prendre l'endroit en main, même s'il ne connaissait pas grand-chose à l'agriculture et à l'élevage. Avant le départ de l'Américain, Christophe apprit à faire du compost, à traire les vaches et à planter du riz.

*

Plus Christophe apprenait à aimer son nouveau métier, plus il se sentait mal à l'aise dans sa nouvelle communauté. Alors que dans la *Green Belt*, on plantait des arbres et on faisait de l'élevage et de l'agriculture, alors qu'au Centre tout tournait autour du Matrimandir, Aspiration était, depuis sa création, un lieu d'expériences en matière d'éducation, de culture et d'organisation de la vie communautaire. La bataille contre la *Society* en avait bouleversé l'existence. Les durs à cuire et les grandes gueules avaient pris l'avant de la scène pendant un temps. Mais la majorité de ses habitants étaient des enfants et des adolescents, des éducateurs, des artisans et des artistes. Lysiane, qui ne connaissait personne à Aspiration avant de s'y installer, s'était rapidement intégrée au milieu et y avait trouvé mille occasions de s'épanouir. Elle avait repéré, dès son arrivée, quelques individus qu'elle préférait tenir à distance et elle se gardait de tomber dans le piège des jeux de pouvoir et d'influence qui remuaient la communauté. Christophe, trop enthousiaste au départ, fut rapidement désenchanté. Il avoua à Lysiane qu'il avait idéalisé les gens d'Aspiration. Leur ardeur au combat l'avait ébloui.

— Ils parlent bien, dit-il, et beaucoup. Ils sont doués pour la politique et les intrigues de sacristie mais… Les plus forts sont fanatiques, suffisants et compliqués. Les autres sont paresseux. Il y en a même qui sont tout ça à la fois ! Les seuls avec lesquels je me sens bien sont les enfants tibétains et tamils.

Lysiane était parfois plus réaliste que Christophe.

— On n'est déjà pas très nombreux à Auroville, s'il faut éliminer les fanatiques, les suffisants, les compliqués et les paresseux, en plus des « neutres », il ne restera personne. D'ailleurs… est-ce qu'il y a tant de paresseux ?

— On est dans une zone semi-désertique, répondit Christophe, les yeux pétillants d'ironie : l'Inde a la peau craquelée, des écervelés tondent les Rangers et l'Himalaya, mais quand les gens d'Aspiration citent le *Rig Véda* : « Nous sommes les Fils du Ciel par le corps de la Terre », ils ne pensent pas à la Terre. Ils pensent à leur corps à eux, vont faire de la gymnastique, demandent à leur maman de leur envoyer de la gelée royale et des vitamines et, au mieux, ils plantent quelques jolies fleurs dans leur jardin. C'est gentil mais…

— Tu voudrais qu'on devienne tous agriculteurs ? Comme nos gens d'affaires veulent qu'on devienne tous des gens d'affaires ? Le Divin est moins prosaïque que vous. Shiva danse et Krishna joue de la flûte.

— Ce sont des dieux, s'entêta Christophe. Ils n'ont pas de corps physique, ils peuvent se permettre des fantaisies.

Lysiane le toisa :

— Imagine un monde sans chant et sans musique.

Christophe avait possédé en Belgique une splendide collection de disques. Il avoua que ce ne serait pas gai. Mais il refusa d'en démordre :

— Il faut se nourrir. On parle de transformation physique et de nouvelle espèce mais les Auroviliens se promènent tous avec des bandages aux pieds à cause d'infections qui n'en finissent plus. Il faut se nourrir correctement.

— Je suis d'accord avec toi, Christophe : il faut se nourrir correctement. Corps, cœur et esprit. Sinon Auroville restera peuplée de fanatiques, de suffisants, de compliqués et de paresseux. Avec des bandages aux pieds.

*

De fermier qu'il était, Christophe devint chercheur en agriculture biologique et en régénération des sols. Une aventure qui n'avait de limites que celles de la planète. Une aventure à la fois désespérante et grisante. Entre le travail physique sur le terrain, les réunions avec les planteurs d'arbres et les agriculteurs de la *Green Belt*, les études dans des livres qui venaient d'Europe et d'Amérique et dont il fallait adapter les propos à l'Inde, Christophe ne chômait pas. Les contacts avec les chercheurs du monde entier et les conférences données un peu partout en Inde viendraient plus tard. Entièrement dévoué à son travail, il s'installa bientôt sur la ferme dans une tente de ciment. Ce bâtiment austère avait été aménagé plusieurs années auparavant pour la production d'algues. Projet abandonné comme tant d'autres des débuts. « Auroville est un laboratoire d'évolution, commenta Christophe en riant. Dans un laboratoire, il y a toujours bon nombre de ratés ! »

Toujours souriant, Christophe ne semblait trouver de sens à la vie que dans un travail acharné. Il était souvent malade pourtant et, alors qu'à Aspiration plusieurs le considéraient comme un ermite-né, il souffrait d'une profonde solitude affective et intellectuelle. L'arrivée d'Hadrien, un Français des communes de l'Ardèche, lui vint comme une grâce. Ils formèrent dès lors un tandem incomparable. Deux petits maigres, pleins d'énergie et d'humour, tout aussi entêtés l'un que l'autre et qui n'avaient pas besoin de parler pour se comprendre. Le travail devint léger. Pour Hadrien, tout avait l'air d'un jeu, mais au bout d'un an, il quitta brusquement Auroville et l'Inde pour retourner en Ardèche, sans donner la moindre explication.

Christophe traversa alors une période de doute et de déséquilibre. Lui qui n'avait jamais été attaché à personne et oubliait les gens en les quittant, eut le cœur meurtri. Sa vie d'ascète lui parut terne et il remit en question sa capacité de faire tout seul un travail valable dans un domaine qu'il connaissait à peine. « Après tout, se dit-il, au mieux, je ne suis qu'un amateur. »

Peu de temps après le départ d'Hadrien, un soir qu'il revenait de faire des courses à Pondichéry, Christophe eut un accident. À Multhialpet, une ville de banlieue, en pleine heure de pointe, en face du marché, entre les chars à bœufs, les étals de bananes, les cyclistes et les taxis, une petite fille heurta la roue avant de la moto du *vélakaran*. Christophe allait très lentement. La circulation était bien trop dense pour qu'il en fût autrement. Malgré tout, le choc projeta l'enfant par terre. Sa tête frappa la chaussée. Christophe sentit dans sa propre chair la fragilité du corps blessé. Le père se mit à hurler. Une femme, la mère peut-être, se précipita vers eux. Une épouvantable confusion. Christophe aurait voulu protéger la petite, empêcher qu'on la transporte n'importe comment, mais le père gesticulait et menaçait. On aurait dit un pantin disloqué. Il était ivre. Christophe ne dit rien. Il poussa sa moto au bord de la route et attendit. Une foule criarde s'entassa autour de l'enfant qui ne bougeait toujours pas. Christophe se savait piégé. Le mieux à faire était de prier pour la fillette et pour lui-même. Une grosse Bullet s'arrêta à côté de lui. Un Tamil de stature imposante lui demanda, en anglais, s'il avait des ennuis. Christophe le regarda droit dans les yeux et comprit qu'il était la réponse à sa prière.

— Ce n'est pas un accident, dit Christophe. Je n'ai pas heurté la petite fille. Son père l'a poussée sur ma moto.

Christophe avait clairement enregistré l'image de la main brune dans le dos de l'enfant déjà en déséquilibre.

— Vous croyez que le père a volontairement provoqué l'accident ? demanda le Tamil.

— Il est ivre, répondit Christophe. Il l'a poussée.

Il respira profondément.

— Il faut s'occuper d'elle tout de suite. S'ils continuent à crier, ils vont la tuer.

— Laissez votre moto, dit le Tamil apparemment impassible. Vous viendrez avec moi. Je vais vous aider. Je vais faire transporter l'enfant à l'hôpital, ensuite nous irons à la police.

Il fit le geste de s'éloigner, mais revint.

— Parlez le moins possible. Je vous dirai au fur et à mesure quoi faire.

Christophe rentra à Aspiration vers minuit. Crevé. Il avait passé sept heures entre le poste de police et l'hôpital. Haré, son protecteur, avait tout fait pour lui. Il avait d'abord forcé le père à venir au poste de police pour faire inscrire dans le rapport qu'il était ivre au moment de l'accident. Ensuite, il avait longuement parlé aux policiers. Christophe attendait dehors. En sortant, le Tamil lui avait demandé cent roupies pour remercier les agents de leur rapport favorable. Puis ils s'étaient rendus à l'hôpital. La petite fille était morte d'une hémorragie cérébrale peu après son arrivée.

Christophe avait failli vomir. Haré lui avait ordonné de rester calme. « Vous avez sans doute rendu service à cet enfant, lui avait-il dit d'un ton sévère. Pour ce qui est des parents, j'ai interrogé les gens sur les lieux de l'accident. Ils ont quatre autres enfants, un garçon et trois filles. La dernière était de trop. » Après avoir laissé crier et pleurer les parents, Haré leur avait arraché une entente à l'amiable sous la menace de faire accuser le père de meurtre. Christophe n'avait pas suivi toute la conversation, mais il avait senti une vibration à la fois dure et dégoûtante. À la fin, Haré lui avait demandé trois cents roupies. Christophe avait regardé la femme, si jeune et déjà si vieille.

— J'ai négocié à trois cents roupies, avait insisté le Tamil. Si vous donnez plus, tout sera à recommencer.

Christophe avait donc offert trois cents roupies. Haré l'avait ramené à sa moto, lui avait tendu la main et lui avait conseillé d'aller se reposer.

— Comment puis-je vous remercier? avait demandé Christophe.

— Continuez Auroville. C'est bien pour l'Inde. Oubliez cette enfant-là. Avec un père pareil, c'est elle qui a choisi de s'en aller.

*

Christophe se remit difficilement de cette épreuve. Il était encore attristé par le départ d'Hadrien et voilà qu'on se servait de lui pour tuer une enfant. Le yoga n'est pas un marchandage avec le Divin. Il n'avait jamais rien demandé en échange de sa foi ou de sa sueur, même pas d'être conforté par des « expériences spirituelles ». Que la Mère Divine ne le prenne jamais dans ses bras était une chose, qu'elle laisse le destin s'acharner contre lui en était une autre. Il se sentit tellement abandonné qu'il voulut lui aussi tout abandonner.

Geneviève, la blonde violoncelliste avec qui il s'était lié d'amitié depuis le blocage de la route du Matrimandir, réussit à l'en dissuader. À travers les vicissitudes des dernières années à Auroville, au beau milieu de la bataille contre la *Society* et d'une myriade d'ennuis personnels, elle n'avait jamais abandonné la musique. « Quand je ne sais plus où poser le prochain pas, dit-elle, je me demande ce que je ferais aujourd'hui si je mourais demain. » Christophe s'arrêta et sourit : « J'irais planter des flamboyants dans l'endroit le plus aride d'Auroville. Et la nuit venue, je te demanderais de jouer du violoncelle pour moi et pour les arbres. Ce serait très beau. »

Le jeune Belge était attiré par Geneviève, mais il n'osait pas trop s'en approcher. Ils faisaient la cuisine ensemble pour la communauté et mangeaient souvent côte à côte, même si Geneviève vivait depuis plusieurs années avec Cédric. Tout Aspiration l'avait silencieusement remarqué.

Geneviève et Cédric s'étaient rencontrés à Auroville. Au début de leur relation, ils avaient cru être des âmes sœurs qui s'accompagnaient de vie en vie. Les jeunes Auroviliens cherchaient souvent des justifications karmiques ou spirituelles à leurs passions ou même à leurs amitiés, la plupart du temps passagères et très naturelles. Quoi qu'il en soit, au fil des jours, la relation Geneviève-Cédric s'effrita. Quand Cédric s'associa à Antoine, un leader des « purs et durs », pour bâtir une entreprise, l'influence d'Antoine prit des proportions inquiétantes. Non seulement Cédric pensait comme Antoine, mais il parlait comme lui et marchait comme lui. Personne ne put l'empêcher de s'enfoncer dans une intolérance aveugle. Le jour où il demanda à Geneviève de couper avec les gens du groupe de théâtre qu'il jugeait sous l'influence de forces adverses, « asouriques », Geneviève lui demanda, elle, de se trouver une autre résidence.

Tout Aspiration pensa que Christophe allait enfin abandonner sa tente de ciment et venir partager avec Geneviève la grande hutte. Il n'en fut rien. On vit au contraire s'éloigner l'un de l'autre les deux amis que l'on avait crus profondément liés.

*

Geneviève, pourtant, avait vu dans les liens d'intelligence et de cœur qui s'étaient tissés entre elle et Christophe les bases d'une relation plus intéressante ou en tout cas plus originale que le besoin sexuel. Quelque temps après le départ de Cédric, elle avait offert à Christophe de partager sa hutte. Elle l'avait assuré de n'avoir aucune attente précise quant au devenir de leur relation. Christophe avait envisagé la proposition ; il était disposé à l'accepter. Mais le jour où Geneviève la lui fit, il refusa. Il valait mieux pour son travail, dit-il, qu'il reste là où il était. Geneviève n'insista pas, moins déçue par le refus que par le faux prétexte. Ce genre d'attitude de la part d'un être aussi droit que Christophe l'étonna. Peut-être, après tout, s'était-elle trompée à son sujet.

De son côté, Christophe était en guerre contre lui-même. Dès sa première rencontre avec Geneviève, il l'avait aimée.

— C'est comme ça, avait-il dit à Lysiane, que j'avais imaginé les Auroviliens.

Lysiane s'était moquée :

— On ne peut pas tous avoir les cheveux blonds et les yeux verts !

— J'ai vu l'infini dans ces yeux-là, avait simplement répondu Christophe.

Et ce n'était pas une figure de style.

Qu'est-ce qui le troublait ? On peut lire et relire des livres de yoga mais le plus difficile est de lire en soi, de saisir les mécanismes de son être et de les maîtriser. Qu'est-ce qui lui faisait peur ? La perspective d'une relation ordinaire avec un être dans lequel il voyait l'avenir ? L'abandon possible de ses efforts soutenus de *brahmacharya* ? Tenait-il tellement à sa vie de moine ? Il savait qu'il n'avait pas dépassé le désir sexuel ; il l'avait réprimé. Christophe sentait un piège, mais il ne savait plus de quel côté était ce piège. Il décida d'essayer de le déjouer en revenant sur sa réponse et en acceptant la proposition de Geneviève.

Il était déjà trop tard.

*

Dans les jours qui suivirent, on ne vit Geneviève nulle part. Elle s'isola pour faire le point. Elle était musicienne. C'était la loi de son être, son *dharma*.

Même quand tout autour d'elle s'écroulait, il y avait encore la musique. Cette fois, le violoncelle ne réussit pas à la consoler.

Sa relation avec Cédric avait été chaotique, tourmentée, faite de grands élans et d'illusions déçues. Avec lui, elle avait connu la fougue, la passion et tout ce qui les accompagne, jalousie, colère, ruptures et retrouvailles, sans parler des crises de chasteté, des scènes de reproches et des remords. « Jusqu'au dégoût et jusqu'au ridicule », avait-elle confié à Lysiane. Elle aspirait à un amour simple et joyeux. Le genre de relation qui semblait se développer naturellement entre elle et Christophe mais… « Tout se complique déjà, dut-elle s'avouer. C'est mauvais signe. Il aime un ange blond inaccessible qui joue du violoncelle sur un nuage. Pas une femme en chair et en os qui, de plus, lui demande d'habiter avec elle. Je n'aurais d'ailleurs jamais dû le lui demander, nous serions au moins restés amis. Maintenant, c'est un gâchis. »

De retour à Aspiration, Geneviève ne joua pas de violoncelle ; le cœur lui brûlait trop. Elle avait l'impression d'aimer autant et aussi bien qu'elle le pouvait. « Si je dois aimer mieux ou autrement, je ne sais pas comment. Il faudra qu'on m'aide, qu'on m'apprenne. » Elle allait s'endormir, les paupières encore humides, quand elle plongea tout au fond d'elle-même dans une douceur blanche si absolue que rien d'autre n'existait. Là, son grand chagrin n'était pas seulement dissous mais il n'avait jamais eu la moindre existence. Là, tout n'était que douceur parfaite. Pour la première fois de sa vie, elle comprit la notion très orientale de l'illusion.

Le lendemain, quand Christophe vint frapper à sa porte et lui dire qu'il avait changé d'avis, elle ouvrit très grand des yeux encore cerclés de rouge. Puis elle répondit calmement :

— Demain, tu me diras que je t'ai détourné de ton travail, de ton yoga. Et même si tu ne me le dis pas, tu le penseras et tu n'auras peut-être pas tort. Mais tu n'auras pas non plus raison. Je ne veux pas de complications psychologiques. Elles m'ennuient. La vérité est simple : je sors à peine d'une relation longue et difficile, il vaut mieux que je reste seule.

Geneviève partit en voyage dans les Nilgiris, ces montagnes bleues du Sud de l'Inde. Christophe tomba malade.

Mise au courant du départ de Geneviève et n'ayant pas vu Christophe depuis plusieurs jours, Lysiane se rendit chez lui. Elle le trouva étendu en plein cœur de l'après-midi.

— N'essaie pas de me dire que tu vas bien, Christophe. Couché à pareille heure, ça ne va pas du tout ou… c'est un scandale !

— Amibes, répondit Christophe. Elles ne me lâchent plus.

Elle s'assit à ses côtés.

— Tu bois de l'eau filtrée ?

— En général, oui…

— Qu'est-ce que ça veut dire, « en général » ? Tu sais… il paraît que les amibes n'approchent pas les gens heureux.

Christophe ne répondit pas tout de suite.

À Aspiration, parler du passé était aussi tabou que de parler de ses propres expériences spirituelles. C'était mal vu. On faisait plus facilement allusion aux vies antérieures qu'au passé des vies actuelles. Les souvenirs d'enfance n'avaient pas la cote ! On vivait autant que possible dans l'instant présent. On mangeait coude à coude trois fois par jour avec des êtres dont on ne connaissait rien d'autre que le vécu immédiat, apparent ou deviné. À Auroville, on répétait que la priorité était de trouver son être intérieur derrière les apparences sociales, morales, culturelles, raciales et héréditaires, et d'en faire le centre actif de tout son être. Mais la Mère avait-elle dit de tout renier et tout rejeter pour y arriver ? Avait-elle dit de brûler son passé sur le même bûcher que les livres, puisqu'il appartenait lui aussi au vieux monde ? Reléguer le passé aux oubliettes permettait, il est vrai, d'éliminer tout un fatras de préjugés et de conventions. Les titres et les diplômes n'existaient plus et on faisait volontairement abstraction des états de fortune. Les relations se voulaient simples, directes, égalitaires. Elles se voulaient aussi plus psychiques qu'émotives ou intellectuelles. Et parfois, elles l'étaient, douces, profondes et silencieuses. Mais souvent, elles étaient terriblement clichées et superficielles. Plusieurs Auroviliens ont souffert de ne pas avoir à qui parler de leurs pauvres chagrins d'hommes, de leurs angoisses très humaines et même de leurs plus grandes joies. « L'amitié, dirait plus tard Lysiane Delambre, ne poussait pas encore facilement dans notre désert rouge. »

La jeune femme fut donc étonnée d'entendre Christophe, jusque-là si secret, raconter avec son accent flamand :

— Je suis né dans un village des Flandres, un village reculé où il n'y avait ni électricité ni route asphaltée. Les fermiers, qu'on allait aider au retour de l'école, utilisaient encore des chevaux et faisaient tout le travail à la main. Au milieu de ce village, il y avait une très grande maison toujours vide. Elle devait appartenir à un ancien baron, un seigneur, je ne sais trop. Un jour, je devais avoir trois ans, j'ai trouvé dans cette maison deux jeunes filles en robe blanche. Belles. Et très distinguées. J'étais attiré par elles et je crois qu'elles m'aimaient. Je ne pouvais pas leur parler : elles ne connaissaient que le français et j'étais flamand. Mais elles passaient beaucoup de temps avec moi et elles jouaient du piano. C'était merveilleux. Puis tout d'un coup, un jour, elles ont disparu. J'étais bouleversé, effondré. Elles avaient dû venir passer les vacances au village et repartir en France, je ne sais pas. J'étais petit, je ne comprenais pas, mais elles n'étaient plus là. C'était terrible.

Lysiane ne bougea pas.

— À dix-sept ans, j'ai vécu pendant plusieurs mois un phénomène particulier. J'appelais ça la « lucidité dans la tête ». Je comprenais facilement tous les philosophes anciens et nouveaux. Je lisais énormément et comprenais tout, vite, sans effort. Mais après, je ne sais pas comment ni pourquoi, je suis tombé dans un profond *tamas* intellectuel, une inertie totale. Ça a duré deux ans. Et puis il y a eu Mia.

Christophe s'arrêta le temps de boire un verre d'eau.

— Jeune, j'étais très attiré par les filles mais j'étais catholique, j'avais peur du péché. Je tombais toujours amoureux de filles qui n'étaient pas intéressées par moi, jamais de celles qui l'étaient. Et je n'arrivais pas à croire que des filles belles et bien éduquées puissent me regarder. Un soir, dans un bal, je devais avoir vingt ans, j'en ai rencontré deux. Toutes les deux me plaisaient et, visiblement, je leur plaisais aussi. L'une était vêtue tout en blanc, avec un pantalon de velours et une chemise garnie de broderies indiennes. Elle avait l'air très concentrée. L'autre portait des couleurs foncées et du rouge à lèvres, elle était plus sexy. J'ai suivi la première et nous avons vécu cinq ans ensemble. Elle s'appelait Mia The Frank et elle disait toujours la vérité. C'était vraiment une *Shakti* pour moi. Une force qui me soulevait. À une certaine époque, elle étudiait dans une ville voisine. Je la voyais deux fois par semaine mais, entre-temps, je lui écrivais des quantités de lettres. Nous avions une relation intense à tous le niveaux. Un samedi, nous marchions avec des amis vers un restaurant macrobiotique ; je me suis arrêté devant une vieille librairie. Dans la vitrine, on n'avait exposé qu'un seul livre. En réalité, c'est la peinture en couverture du livre qui m'avait touché. Au retour, je me suis arrêté de nouveau. Quelques mois plus tard, Mia m'a offert le livre : *Sri Aurobindo ou l'Aventure de la Conscience de Satprem*. J'ai compris tout de suite que Sri Aurobindo était le salut de la Terre.

Christophe raconta encore que Mia était ingénieure en agronomie tropicale. Lui, il avait d'abord voulu étudier en philosophie mais il était finalement devenu instituteur. Mia avait obtenu un poste au Sénégal. Christophe devait la rejoindre à Dakar après avoir visité Auroville. Il ne se rendit jamais à Dakar. Il ne revit jamais Mia ; il ne lui écrivit pas.

Après un long silence, Christophe ajouta :

— J'avais lu dans Sri Aurobindo qu'il fallait renoncer au désir sexuel. C'est pour cette raison que j'ai quitté Mia.

Lysiane ne fut pas surprise. Elle aussi avait eu une éducation catholique et connaissait le danger de lire Sri Aurobindo avec une attitude dogmatique. Le jeune Indien de l'ashram qu'elle avait rencontré au tout début de son séjour en Inde comprenait le yoga différemment. Lui n'avait aucun sens du péché. Il ne se sentait pas coupable d'être un homme, avec tout ce que cela implique. Il avait par contre un sens aigu du progrès, de l'évolution, du dépassement ; cela laissait place à plus de tolérance et de souplesse pour soi-même et pour les autres que les lois et les credos. D'un autre côté, Christophe était un être exigeant et entier. Il n'essayait jamais de justifier ses désirs, ses ambitions ou ses faiblesses. Il était honnête. Qualité trop rare pour que Lysiane la lui reproche.

— Il y a des moments où on dérape, reprit Christophe. Comme en moto, dans le sable. On veut aller à gauche et on commence à glisser à droite, et plus on veut aller à gauche, plus on s'enfonce à droite.

— Ça ne te ressemble pas beaucoup, ce genre de glissades, remarqua Lysiane.

Christophe rit :

— Justement. Ça ne me ressemble tellement pas que je ne sais pas du tout quoi faire !

Après un silence :

— Quand on dérape, si on met les freins, c'est pire, non ?

Lysiane tendit sa main ouverte. Christophe la saisit et la serra très fort.

— Je crois que si on est tout à fait sincère, on peut lâcher les freins, dit la jeune femme en se rappelant ses propres difficultés. C'est Sri Aurobindo, il me semble, qui conseille de s'accrocher au Divin comme un petit chat à sa mère. Ça n'agit pas de la même manière mais c'est plus efficace que les freins. Tu as besoin de quelque chose ?

— Non, dit-il. Il y a une petite Française qui habite la capsule d'à côté. Elle m'apporte à manger, mais je n'ai pas faim.

En sortant, Lysiane rencontra Catherine, la jeune visiteuse. Elle avait des yeux verts magnifiques.

*

Catherine ne resta que quelques semaines à Auroville et rentra en France pour terminer ses études. Christophe replongea dans son travail avec quelques illusions en moins et la compréhension un peu douloureuse de ce que Geneviève avait voulu lui dire par : « Demain, tu me diras que je t'ai détourné (...), tu n'auras peut-être pas tort. Mais tu n'auras pas non plus raison. » Geneviève revint des Nilgiris et apprit la brève liaison de Christophe avec la jeune visiteuse. À Aspiration, il était bien difficile de garder un secret. Raoul disait, pour illustrer l'osmose dans laquelle on y vivait : « Si la moitié d'Aspiration se saoule un soir, le lendemain matin, l'autre moitié a la gueule de bois ! » Ce n'était pas totalement faux. La belle musicienne reprit boulangerie et violoncelle avec la même assiduité et encore plus d'ardeur qu'auparavant. Elle évitait discrètement Christophe.

Un soir, un rickshaw moteur s'arrêta à l'entrée d'Aspiration. Dans l'ombre, un homme demanda au chauffeur de l'attendre. Il traversa à pied le petit pont à rouleaux aménagé pour empêcher le passage des vaches et des chèvres qui, autrement, venaient piller les jardins. Il était 19 h 30, la salle à manger était illuminée. L'homme poussa la porte entrouverte. On discutait tranquillement par petits groupes. Certains faisaient un bridge. Plus loin, on jouait au ping-pong. Jean-René s'avança. Des yeux se levèrent, des têtes se retournèrent. Raoul, un des joueurs de ping-pong, crut reconnaître le visiteur.

— On peut vous aider ? demanda-t-il.

— Je voudrais voir Lysiane Delambre, répondit Jean-René.

— Oh ! Mais... elle répète. Elle est à Last School. Ils vont jouer à Pondi demain. Vous n'êtes pas déjà venu ici ?

Les deux hommes se rappelèrent s'être rencontrés à Rameswaram, neuf ans plus tôt. Ils avaient déjeuné ensemble à quelques reprises au *guesthouse* où ils habitaient. Ils avaient discuté de Sri Aurobindo, de la Mère, d'Auroville et du « Vive le Québec libre » de De Gaulle. Raoul emprunta une torche pour accompagner Jean-René, mais ce dernier expliqua qu'un rickshaw l'attendait.

— Si tu veux passer la nuit ici, on s'arrangera. Ça vaudrait mieux, non ? Je crois d'ailleurs que la fille qui habite avec Lysiane est à Delhi pour une semaine. Enfin, je ne suis pas certain. Mais… renvoie le rickshaw, on te trouvera quelque chose.

En marchant vers Last School, Raoul demanda :

— Alors, le Québec, il est libre ?

— Oh, pas du tout, répondit Jean-René qui demanda sur le même ton : Et Auroville, elle est libre ?

— Euh, répondit Raoul. Disons qu'elle est en liberté surveillée. On ne sait pas trop où on en est. On cherche, on cherche, mais…

— Ça va, avec le gouvernement ? voulut savoir Jean-René.

— Oui. Pour le moment, ça va très bien avec le gouvernement. Mais on ne sait pas encore ce qu'on va faire quand il sera parti. Bon, on a encore quelques années pour trouver. Mais il y a des tiraillements entre nous. Tu vois, par exemple, le théâtre, ça a l'air inoffensif, le théâtre. Eh bien non, les gens ont trouvé le moyen d'en faire un sujet de dispute. Il faut dire qu'à Aspiration, on a toujours des mouvements de masse. Avant, on était tous ligués dans la bataille contre la *Society*, maintenant, tout le monde fait du théâtre. Ou plutôt… la moitié de la communauté fait du théâtre ! C'est là le problème. L'autre moitié ne peut plus nous supporter ! Des enfantillages, mais tout est comme ça.

Ils restèrent un moment silencieux. On entendait le ressac de la mer.

— Pourtant, reprit Raoul, ici, tout est possible, toutes les expériences. Il suffit, je ne sais pas, d'en avoir l'imagination ou l'audace. Physiquement, c'est dur, psychologiquement, encore plus. Mais en même temps, on est porté. C'est impossible à expliquer, il faut le sentir soi-même. C'est dans l'air. Si on ne le sent pas, il vaut mieux partir tout de suite, s'en aller. Ça devient exécrable.

Des éclats de rire arrivèrent jusqu'à eux.

— Ils ne s'ennuient pas les artistes, se réjouit Jean-René.

— Ils répètent *Les exercices de style* de Raymond Queneau. Quel humour il a, celui-là. Tu connais ?

Jean-René connaissait très bien.

— Ils sont déchaînés !

Les deux hommes montèrent sur le muret en pente douce d'un petit amphithéâtre. Un grand gars, debout sur un tabouret, débitait des sornettes dans un prétendu latin. Il imitait un curé devant ses ouailles, en l'occurrence deux petites vieilles agenouillées à ses pieds, la tête couverte d'une mantille noire et qui répétaient des « Amen » à qui mieux mieux. Le comédien se faisait rire lui-même et entraînait dans son délire ses ouailles, le régisseur et bientôt les deux spectateurs. Raoul ne put retenir un « Ite missa est » qui mit momentanément fin à la répétition.

— Hé ! s'écria Lysiane au milieu d'un rire.

Elle venait de reconnaître Jean-René.

À la fin de la répétition, ils rentrèrent ensemble. Pendant un moment, ils crurent qu'ils ne trouveraient rien à se dire, et puis…

*

Lysiane habitait une des grandes huttes aux volets blancs. Pendant qu'elle préparait une boisson chaude avec la citronnelle qu'elle avait coupée dans le jardin, Jean-René lui donna des nouvelles de Philippe, marié et père de deux enfants, de ses parents, du Québec et de lui-même. O-Pti-Zoizo avait fait faillite. Il avait donc repris son métier de journaliste, fondé une revue avec des amis et il travaillait comme pigiste à droite et à gauche. Il se proposait d'écrire une série d'articles sur l'Inde. C'était donc le premier but de sa visite.

— Et toi ? dit-il. Tu as embelli. Tu as bien fait de reprendre le théâtre. Ça te va bien.

— Je sais, acquiesça Lysiane en lui servant des biscuits au gingembre. J'ai renoncé deux fois au théâtre pour faire du yoga. Sans doute un vieux reste de jansénisme. Et puis tu vois... « *All life is yoga* », comme l'a écrit Sri Aurobindo. Y compris le théâtre.

Ils étaient assis près de l'entrée de la hutte dans des fauteuils de rotin séparés par une table basse. Les volets étaient grands ouverts sur le jardin. Lysiane se rappela les nuits passées dans des cafés enfumés à discuter, à raconter, à échafauder des projets. Avant de travailler O-Pti-Zoizo, Jean-René avait dirigé un centre artistique alternatif où se produisaient de jeunes artistes, dont Lysiane. Ils avaient été très près l'un de l'autre et auraient pu être amants si elle n'avait pas eu le projet de partir en Inde. Elle s'était refusée à lui ; les filles s'attachent trop, avait-elle déclaré.

Elle demanda :

— Comment trouves-tu la citronnelle ?

— Bon. Pas mal.

Lysiane rit.

— Un peu trop « végétarien » peut-être ?

Jean-René demanda s'il pouvait fumer une Charminar.

— À condition que tu m'en offres une.

— Tu fumes ?

— Non. C'est une fantaisie, répondit Lysiane avec un air à la fois paisible et amusé que Jean-René ne lui connaissait pas.

Il lui tendit le paquet de cigarettes puis un briquet allumé. Elle se pencha, alluma sa cigarette et leva vers lui des yeux si heureux qu'il se sentit lui-même envahi de bonheur.

Lysiane quitta son fauteuil pour s'asseoir sur le muret de l'entrée. Jean-René l'examinait de la tête aux pieds comme s'il ne l'avait jamais vue. Elle avait embelli, oui, mais pas seulement physiquement. Il eut peur. Peur de ne plus être à la hauteur, peur de ne plus être digne, peur de l'avoir perdue un peu plus encore. Lysiane se tourna.

— Tu es encore amoureux de moi ? demanda-t-elle avec douceur.

— Je ne sais pas, répondit-il.

Elle sourit, il sourit aussi. L'immense tendresse qu'ils avaient l'un pour l'autre était intacte.

— Les acteurs qui jouent ensemble des scènes d'amour deviennent très souvent amoureux l'un de l'autre, dit Lysiane en détournant le regard. Ils s'identifient à leur personnage, s'ouvrent à un certain type de vibrations et ne savent plus comment s'en dépêtrer. Ils se déclarent amoureux. C'est arrivé à plusieurs Auroviliens qui font du théâtre. C'est déjà arrivé à Raoul. Il jouait une scène avec moi. Il est venu me trouver, mal à l'aise, d'autant plus qu'il a une petite amie. Il ne comprenait pas. Ça fait réfléchir sur ce que c'est qu'être amoureux, non ?

Jean-René hocha la tête :

— Tu n'y crois pas du tout, dit-il.

— Oh ! ça existe. Un jour, j'ai eu un coup de foudre. Enfin, je crois que c'était un coup de foudre. J'ai vu ou plutôt j'ai senti une énorme vague passer à travers moi et l'homme qui se trouvait devant moi. Nous étions ensemble, réunis par un courant formidable. Je suis rentrée chez moi bouleversée. Je ne savais pas quoi faire avec ça. Je suis allée marcher et... j'ai décidé de laisser passer la vague, de la laisser se briser. J'aurais pu choisir de la saisir, de me laisser emporter par elle.

Elle s'arrêta le temps d'éteindre la cigarette qu'elle n'arrivait pas à fumer.

— J'essaie de comprendre comment ça fonctionne, un être humain au milieu du cosmos. Je veux savoir comment ça marche.

— Tu as déjà été amoureuse, toi ? demanda Jean-René, ironique.

L'ironie n'agaça pas Lysiane.

— En fait, je suis facilement amoureuse, dit-elle en renouant le chignon de sa longue chevelure brune. J'aurais très bien pu être amoureuse de toi.

Elle revint s'asseoir dans le fauteuil.

— Très amoureuse ? Je l'ai été, une fois, ici, et évidemment de quelqu'un qui ne l'était pas de moi. Long, pénible et compliqué. Tu as raison, je n'ai aucun talent pour les histoires d'amour.

— Et alors ?

— Alors ? Un après-midi, je marchais vers la mer, toute prise dans ce *masala* de désirs, de sentiments, de... j'étais amoureuse, quoi. Et tout d'un coup, du fond de mon corps, il m'est venu un rire énorme, bien plus grand que moi. Et j'étais à nouveau libre comme le ciel. Après, ça a recommencé, mais... j'y croyais déjà moins. C'était le début de la libération !

Elle s'étira.

— Je n'aime pas être amoureuse : j'étouffe. Ce n'est pas ça l'amour, j'ai toujours su que ce n'était pas ça. Il faut être libre pour aimer. Libre. Autrement, on s'agrippe, on s'accroche.

Jean-René l'observa, sceptique.

— L'être humain, expliqua Lysiane, se nourrit d'énergie verticale et d'énergie horizontale. S'il dépend trop de certaines sources d'énergie horizontale, il n'est pas libre.

— Il y a une vérité à trouver dans la relation homme-femme, insista Jean-René. Autrement, pourquoi y aurait-il des hommes et des femmes ?

— Je ne sais pas encore, répondit Lysiane qui n'avait visiblement pas envie d'en parler. On donne beaucoup d'importance au sexe parce qu'on vit dans une conscience très physique, mais dans d'autres états de conscience, le sexe n'existe même pas.

Puis, voulant mettre fin à une conversation qu'elle jugeait inutile, elle conclut :

— Il y a mille façons d'être, mille chemins.

— Moi j'aime les femmes, le tabac et la bière, affirma Jean-René en souriant.

— Je n'y vois aucun inconvénient. Si tu es bien là-dedans, je ne vois vraiment pas pourquoi tu te compliquerais la vie. D'ailleurs, c'est pour cette raison que tu es revenu en Inde : les femmes, le tabac et la bière. N'est-ce pas ?

Lysiane se leva, ramassa les tasses et les assiettes.

— Maintenant, dormons ! Moi, j'aime bien dormir. À chacun ses vices !

Elle sortit deux moustiquaires d'un placard. Pendant qu'ils les installaient, elle dit encore :

— Tu es plus têtu qu'un âne, mais tu devrais te méfier. L'Inde, celle que les Indiens appellent *Mother India*, adore les ânes de ton espèce.

*

Le lendemain matin, Jean-René, encore sous l'effet du décalage horaire, se réveilla tard. La musique à pleins tubes venant du village l'avait réveillé au petit jour puis il s'était rendormi. Il trouva Lysiane dans le jardin en train de nettoyer le citronnier dans lequel les fourmis brunes s'étaient installées.

— Celles-là, se plaignit-elle, quand elles pincent, elles partent avec le morceau. Féroces ! Il y en a d'autres, de toutes petites brunes, qui mordent les paupières et les lèvres durant la nuit. Le lendemain, on est tout enflé. Ce sont les pires. Non ! Les pires, ce sont les fourmis-scorpions, mais on en trouve moins. Elles sont noires et ont une petite queue retroussée comme celle d'un scorpion. Quand elles piquent, ça fait très mal et la douleur dure longtemps. Les autres, les petites et les grosses noires, ne sont pas bien méchantes. Oh ! j'oubliais les mini-mini-brunes ! Presque invisibles ! Et puis les fourmis blanches, ce ne sont pas des fourmis mais des termites. Ils vous bouffent une hutte en un rien de temps !

— Charmant pays ! conclut le Québécois. Les Tamils me font penser à des fourmis. C'est peut-être du camouflage !

Le rapprochement amusa Lysiane. Elle confia à Jean-René qu'elle avait du mal à organiser des destructions massives de fourmis, sauf des dévoreuses, parce qu'elle ne pouvait s'empêcher de penser que les dieux agissaient de la même manière avec les hommes. La jeune femme abandonna son travail pour prendre le petit-déjeuner avec son ami. Elle avait rapporté de la cuisine un pot de thé, plusieurs tranches de pain frais et de la confiture de goyaves.

— C'est le luxe maintenant, souligna-t-elle, on a tous les jours de quoi faire de bonnes tartines.

— Comment ça se passe au niveau financier? Qui paye la confiture? demanda le journaliste.

L'Aurovilienne répondit fièrement que la confiture de goyaves était fabriquée à Auroville avec des goyaves d'Auroville. Et du même souffle:

— On a un système économique collectif auquel presque tout le monde participe d'une façon ou d'une autre.

Lysiane hésita, avala une gorgée de thé.

— Quand on n'a rien ou pas grand-chose, reprit-elle, il est facile de partager. Mais plus il y a d'argent, plus cela semble difficile. Ça devrait être le contraire mais... Il y a juste un tout petit peu plus d'argent à Auroville maintenant et déjà des pressions se font sentir du côté du système individualiste. L'unité est un bel idéal, mais tant qu'elle n'est pas vécue comme la réalité, il ne tient pas longtemps la route, le bel idéal.

Pour la première fois, Jean-René nota une certaine inquiétude dans la voix de Lysiane. Mais elle reprit avec enthousiasme:

— Personnellement, j'aime bien comment on vit aujourd'hui. Tu vois, ma hutte ne m'appartient pas, mais tant que je l'occupe, j'en suis responsable. À Aspiration, tout le monde se sent plus ou moins responsable de la cuisine et des installations collectives: pas propriétaire, responsable. Évidemment, il y en a quelques-uns qui ne se sentent responsables de rien;

ils ne sont pas nombreux et j'ai tendance à croire que c'est par incapacité plus que par mauvaise volonté.

Jean-René écoutait tout en mangeant avec appétit. Puisqu'il pouvait habiter chez Lysiane, il décida de passer quelques jours à Auroville. Elle lui prêterait sa mobylette pour visiter les environs sans trop souffrir de la chaleur. Mais d'abord, elle l'accompagnerait au Matrimandir.

— Et puis ce soir, on joue à Pondi, à l'Alliance française, dit-elle. Tu viendras ?

Il se dit enchanté de l'invitation.

*

Les Français de Pondi, le personnel du consulat, du lycée, de l'institut et les Tamils francophones furent ravis de la représentation. En rentrant, Jean-René et Lysiane discutèrent tard dans la nuit, à voix basse, pour ne pas déranger les voisins. Ils retrouvaient l'atmosphère de complicité et de confidence qu'ils avaient connue au Québec. Lysiane parla de théâtre avec passion.

À Auroville, Lysiane ne racontait jamais à personne ce qui lui arrivait, pas plus au théâtre que dans la « vraie vie ». Mais avec Jean-René, c'était différent, naturel, permis.

— Tu es déjà sorti de ton corps ? lui demanda-t-elle à brûle-pourpoint.

— Oui, répondit-il en riant. Je ne t'ai jamais raconté ? En fait, j'ai honte de cette histoire. Je devais avoir dix ans. Je me battais avec le voisin. Il m'a donné un tel coup de poing que je me suis retrouvé à planer au-dessus de la ruelle. Quand j'ai aperçu mon corps par terre, j'ai eu une telle trouille ! Je ne sais pas comment j'ai fait mais je me suis précipité dedans. Le gars s'était sauvé. Il croyait m'avoir tué. Après, pour ne plus avoir peur de planer, je me suis dit que j'avais rêvé.

Lysiane se dit à elle-même qu'elle adorait Jean-René.

— On te casse la gueule pour qu'il t'arrive des choses hors de l'ordinaire et tu trouves encore le moyen de les nier! Philippe m'a dit qu'à ton retour de l'Inde, tu avais vu des vivants et des morts. Tu ne m'en avais pas parlé.

Il la regarda fixement.

— Il n'y a rien de plus à dire. Le corps des morts était comme un linceul, il n'y avait rien dedans. Celui des vivants vibrait. C'était pénible comme expérience.

Il fit une pause.

— Pourquoi m'as-tu demandé si j'étais sorti de mon corps?

Lysiane reconnaissait là Jean-René, toujours bref et discret à son propre sujet.

— Nous parlions de théâtre, dit-elle, et au théâtre, il m'arrive des expériences intéressantes. Mais avant, je dois te dire que je ne sais pas comment sortir de mon corps à volonté. Je n'ai jamais essayé. Il m'est arrivé quelques fois de prendre conscience que j'étais en train de sortir de mon corps, le soir en m'endormant, ou la nuit. Mais je me suis le plus souvent sentie rentrer dans mon corps. Tu crois que j'hallucine?

— Non.

Ils éclatèrent de rire tout bas, et Lysiane continua:

— Cette fois-là, c'était en plein jour, j'étais bien réveillée et je suis bien sortie de mon corps. Au théâtre, on répète des scènes de différentes pièces pour travailler l'interprétation. Je jouais le rôle de la reine dans *Ruy Blas*. Le passage où elle déclare son amour à Ruy Blas. Je me concentrais toujours dans le cœur pour jouer ce rôle. C'est une pièce très romantique, mais intéressante. Je commence à dire le texte et hop! je me retrouve au-dessus de mon corps! Enfin, une partie de ma conscience se retrouve à une bonne hauteur au-dessus de ma tête. Plus bas, je continue à jouer mon rôle, à dire mon texte, à pleurer. Et de là-haut, une autre partie de moi donne les indications: « Maintenant, tu arrêtes de pleurer parce que tu dois parler », etc. Et, à la fin de la scène, je reviens dans mon corps comme si rien ne s'était passé. Il paraît que j'étais excellente!

— Ça t'arrive souvent? demanda Jean-René en souriant.

— Non. Pas souvent. Mais il m'arrive toutes sortes d'autres choses. Ce ne sont pas des expériences extraordinaires, mais ce que je trouve intéressant, c'est qu'elles m'arrivent comme ça, sans y penser, en pleine action, une action très « profane ». Je me suis demandé si les comédiens professionnels vivaient cela. J'imagine que oui.

— Et dans Queneau?

— Dans Queneau, on s'amuse. Il n'y a rien de plus agréable que de faire rire les gens; ça rend heureux. Ces temps-ci, je prépare une création avec des musiciens. Je suis en contact avec des mondes que je ne connaissais pas. Dans mes rêves, j'entends des symphonies et je vois des paysages de contes de fées.

Elle regarda attentivement Jean-René:

— L'art n'est pas inoffensif et inutile comme certains le croient. C'est un appel, une incantation, un mantra. On se concentre, on lance une vibration dans la mer cosmique et elle nous revient centuplée.

Tu me crois ? C'est d'ailleurs comme ça qu'on construit Auroville : on appelle. Une ville, ce n'est pas seulement des buildings, comme le pensent les architectes. C'est aussi un tissu de vibrations. Il y a une magie dans toute création. C'est magique, Auroville. Peut-être que toute la Terre est magique. Pour ceux qui veulent y croire.

Après quelques minutes de réflexion, Jean-René remit en question le fait que les Auroviliens fassent du théâtre de répertoire. Puisqu'ils voulaient créer un nouveau monde, n'auraient-ils pas dû créer un nouveau théâtre ? Lysiane lui répondit :

— Sans doute... Il y a des Auroviliens qui trouvent que notre théâtre n'est pas assez yogique. Pendant un moment, je le pensais moi aussi, enfin, je ne savais pas trop. Et puis je me suis rendu compte qu'à force de vouloir être yogique, on devient prétentieux et ennuyeux. On tombe dans le prêchi-prêcha. Cézanne – la peinture ou le théâtre, c'est tout pareil – disait à ses élèves : « Ne vous préoccupez pas du sujet, prenez n'importe quel sujet et si vous avez de l'âme, elle transparaîtra, elle parlera d'elle-même à travers votre œuvre. » Mais peut-être qu'un jour on trouvera quelque chose de neuf.

« Lysiane est heureuse », pensa Jean-René. Sa transformation l'intriguait de plus en plus. Il lui demanda ce qui s'était passé au cours de la première année de son séjour à Auroville, ce qu'avait été la dépression à laquelle il ne croyait pas. Lysiane ne voulait pas aller plus loin dans les confidences.

Jean-René insista gentiment.

— Je t'ai connue impatiente. Tout t'agaçait ou t'ennuyait au bout de deux minutes ou, au mieux, de deux mois. Tu brûlais les feux rouges dans la vie comme en voiture. Aujourd'hui, tu ne bouges plus d'Auroville, tu fais du théâtre, tu nettoies ton jardin... Tu te fiches du temps qui passe. Et tu as l'air tellement bien.

Lysiane demeura immobile et silencieuse. Puis elle parla très bas :

— Je ne suis pas toujours bien, mais même quand je suis mal, ça n'a plus rien à voir avec le mal d'avant. Je sais maintenant pourquoi je suis ici, dans ce corps-là, dans ce monde-là. Mais je sais aussi que j'ai des ailes.

Jean-René comprit qu'elle n'en dirait pas plus.

— Quand on connaît quelqu'un à un endroit, dit-il, l'endroit nous paraît complètement différent.

— Tu me rappelles Saint-Exupéry. Les étoiles sont différentes pour le Petit Prince parce que sa rose habite l'une d'elles.

Jean-René leva bien haut les sourcils.

— Alors, explique-moi pourquoi les Auroviliens aiment plus ce désert rouge qu'ils n'ont l'air de s'aimer les uns les autres.

— C'est à cause de Mère, Jean-René. C'est à cause d'une Présence qui remplit le désert tout autant que la présence de la rose du Petit Prince remplit le ciel. Je dis Mère, mais peut-être que quelqu'un qui ne connaît rien à l'histoire l'appellerait autrement. C'est à cause de Ça, de Ça qui ne dépend ni des hommes ni des fourmis.

*

La veille de son départ, Jean-René assista à un « Pour tous meeting ». Il revint à Aspiration exaspéré. Lysiane n'était pas chez elle. Il la trouva en train de nettoyer le bassin de Last School.

— Les Auroviliens n'ont aucune clarté mentale, lui lança-t-il.

Elle ne réagit pas.

— Vous cultivez le flou et même l'embrouille ! Je ne comprends pas que, vous inspirant de Sri Aurobindo, vous arriviez à une pareille bouillie entre les oreilles.

Lysiane ne l'avait jamais vu dans cet état. Il ajouta :

— Je n'ai entendu dans ce meeting aucune réflexion originale. Que des clichés, qui en plus ont l'air de se prendre pour des inspirations.

— Il y avait du monde ? demanda Lysiane.

— Cinquante personnes. À un moment donné, ils ont parlé de *town planning*, dans la confusion la plus totale. Certains refusent l'idée d'une quelconque planification de la ville au nom de la spontanéité et de l'anarchie divine. Et juste après, d'autres se sont injuriés au sujet d'un gars qui a des problèmes avec des villageois. L'anarchie aurovilienne n'est pas divine. J'ai tort ?

— En tout cas, tu as tort de te mettre dans un état pareil. Mais je peux comprendre.

Pendant un long moment, on n'entendit que le bruit de la brosse.

— Qu'est-ce que vous avez tous contre l'intelligence et l'organisation ? reprit Jean-René. On dirait que vous aimez la bêtise.

Lysiane s'arrêta.

— On essaie de faire taire notre mental pour laisser passer les messages d'un niveau supérieur, ou la petite voix au fond du cœur. Le silence mental, ça n'a rien à voir avec la bêtise. Le problème, c'est qu'on n'y arrive pas. Tout seul, c'est déjà difficile d'arriver au calme et à la lucidité, alors en groupe !

Elle reprit son travail. Jean-René comprenait, mais il insista tout de même. Il insista pour se venger du meeting assommant auquel il regrettait d'avoir assisté ; il insista parce qu'il allait partir, parce qu'il allait perdre Lysiane ; une fois de plus.

— Vous avez des corps solides, de très fortes vitalités, mais dans vos têtes ce n'est pas silencieux, c'est informe. De la purée de pois. On pourrait très facilement vous manipuler.

Lysiane se redressa.

— C'est grave à ce point ? demanda-t-elle. On devient aussi « tamasiques » que les villageois.

— Ne mets pas ça sur le dos des Tamils ! hurla Jean-René, cette fois carrément en colère.

— Bon. Tu finiras par m'énerver. Si tu n'es pas content, viens nous aider ! Je suis d'accord, on y arrive mal, mais au moins on essaie. Tiens, prends une brosse et frotte !

Jean-René refusa la brosse.

— Vous vous racontez des histoires au sujet de cet endroit. Tu parles toujours de liberté, mais es-tu seulement libre de partir de ta prison confortable ? Qu'est-ce qui t'arriverait si tu quittais Auroville ? Tu retomberais probablement dans le même mal existentiel qu'avant. Tu n'aimes pas être amoureuse. Tu ne veux dépendre de personne. Mais est-ce mieux de dépendre d'un endroit ?

Lysiane comprit que Jean-René était malheureux ; ses questions n'étaient pas insensées pour autant. Elle s'assit sur le bord du bassin, posa sa brosse.

— Je ne retomberais pas dans le même mal existentiel qu'avant. Auroville est un moyen, Jean-René, pas une fin. Pour le moment, tu as besoin des femmes, du tabac et de la bière. Moi, j'ai besoin d'Auroville. Pour le moment. Après, je ne sais pas.

*

Lysiane alla reconduire Jean-René à Villipuram, d'où il prendrait le train vers le Kerala. Dans le taxi, ils parlèrent peu. Ils étaient contents d'être ensemble, encore. Juste avant le départ, Lysiane demanda :

— Tu connais l'histoire des électrons ?

Il fit signe que non.

— Les physiciens ont découvert que deux électrons qui se sont un jour rencontrés restent liés pour toujours, même si on les sépare par une très grande distance. Tout ce que l'on fait vivre à l'un a des répercussions sur l'autre.

Jean-René la serra très fort dans ses bras.

*

Quelques mois après son voyage dans les Nilgiris, Geneviève pédalait à toute vitesse sur la piste rouge qui montait de la mer vers Aspiration. Il faisait encore nuit. La veille, soir de pleine lune, elle était restée chez des amis à Repos, une communauté de la plage.

Une voiture, tous phares allumés, la doubla. Ça ne pouvait être qu'un taxi. À Auroville, à la fin de 1983, il n'y avait qu'une seule voiture et elle appartenait à des Indiens âgés qui ne couraient pas les routes à pareille heure. « Quelqu'un va à Madras, pensa-t-elle. Peut-être une pompe cassée. » Elle suivit de loin la lumière des phares. La voiture prit à gauche, vers Aspiration. « Ou bien quelqu'un va à l'aéroport. » Elle n'avait pourtant entendu parler ni de départ ni d'arrivée. Peu de temps après, le taxi revint en sens inverse. L'éblouissement causé par les phares, la trop faible lueur de l'aube et la vitre teintée du taxi empêchèrent Geneviève de reconnaître le passager qui lui fit signe de la main. Elle lui répondit d'un geste flou, sans bien comprendre pourquoi elle se sentait si désemparée.

*

Christophe tendit son billet et son passeport. Depuis son arrivée en Inde, sept ans plus tôt, il n'avait jamais repris l'avion. Une élégante préposée le salua dans un anglais sans accent et lui remit sa carte d'embarquement.

Au comptoir voisin, une jeune femme empêtrée dans ses bracelets en or et son sari soyeux n'arrivait pas à hisser sa malle pour la peser. Christophe s'excusa auprès du couple âgé qui semblait l'accompagner et lui vint en aide. Elle sentait le jasmin et la noix de coco. Elle le regardait fixement, ahurie d'entendre un *vélékaran* parler si couramment sa langue. Christophe remarqua le *poutou* rouge entre les sourcils. Mariée. « Où diable est son mari ? »

— Comment pouvez-vous parler si bien tamil ? demanda, en anglais, la jeune femme.

— C'est une trop longue histoire, se contenta-t-il de répondre.

Il lui montra les passagers qui piétinaient derrière eux, la salua et se dirigea prestement vers la porte des départs.

On naît indien, on ne le devient pas. On peut avoir l'âme indienne, mais il reste la peau. La peau, les cheveux, les yeux, et ce rien d'inquiétude dans le corps. En dehors d'Auroville, les *vélékarans*, les Blancs, restent des étrangers. Un jour, dans un village de montagne, Christophe s'était fait poursuivre, comme dans un vieux film, par une troupe d'enfants qui voulaient toucher sa peau dorée et regarder ses yeux bleus.

Christophe connaissait la langue tamile et son rythme de tablas. Il avait attrapé, par contagion, les gestes ronds et souples qui l'accompagnent et la ponctuent. Mais ce n'était pas suffisant ; rien ne serait jamais suffisant. De toute façon, il n'était pas venu en Inde pour être indien. Il était aurovilien. « Et pour le moment, se dit-il en cherchant un siège libre, pour le moment, je suis un petit bonhomme à deux pattes semblable à cinq milliards d'autres. »

Il s'installa près de la baie vitrée dans un fauteuil de plastique bleu qu'il jugea moins confortable que les fauteuils de rotin de sa chambre. Il regarda les hangars, les avions, les chariots à bagages... « Qu'est-ce que c'est qu'Auroville ? »

Un monde planait au-dessus des palmeraies et des canyons d'un plateau de latérite du sud de l'Inde. Perceptible, presque tangible. Pendant sept ans, armé d'une clé anglaise, d'une barre à mine, d'une faucille ou de ses deux mains nues, Christophe avait appelé ce monde. Avec ses muscles, avec ses nerfs, avec ses os. Un monde hors la loi, hors toutes les lois de la planète. Il l'avait appelé pour la Terre. En milliers de pas, dans le sable, la boue, la fange. Il fallait bien que ce monde s'incarne quelque part. À moins que cette vibration ne soit en train de se répandre autour de la planète, de pénétrer en poussière d'or invisible la matière terrestre ? Christophe ne savait pas. Mais même au moment où sa vie était obscure et confuse, il savait qu'aucun appel n'est vain, aucun ; il gardait une confiance inébranlable en l'avenir de la Terre. Il ferma les yeux.

Le problème, c'était qu'à chaque fois qu'il fermait les yeux, il tombait endormi. Les quinze derniers jours avaient passé comme un cyclone. Il avait voulu tout mettre en ordre avant de partir. Ramalingam et Fabien, qui travaillaient avec lui à la ferme, lui avaient demandé s'il espérait régénérer toutes les terres de l'Inde avant de prendre l'avion. Fabien, plus sarcastique, avait ajouté :

— Tu es excessif, Christophe. Ça cache des choses. Le karma-yoga, que je sache, n'a jamais voulu dire la défonce par le travail.

Christophe avait accusé le coup.

— À chacun sa défonce, avait-il répondu sèchement.

Un Hollandais de forte stature, paupière tombante sur œil bleu pâle, se laissa choir juste à côté du Belge. Un homme de cinquante ans, très blond, très pâle de peau ; il dégageait une force brutale. Il portait une cravate rouge sang épinglée d'un rubis et sentait l'eau de toilette.

« À côté de lui, se dit Christophe, j'ai l'air d'un personnage de bande dessinée. Il n'y a que les Tamils pour me prendre au sérieux. Avec eux, je suis le plus grand, le plus blanc, le plus fort. Pourtant, à Auroville, il y a de grands Allemands, de grands Suédois, de grands Américains et je n'ai jamais senti de malaise à les côtoyer. » Dans cette salle de départ, Christophe se sentait hors propos, hors contexte, hors la loi, comme Auroville. L'homme au rubis avait un journal. Il l'ouvrit aux pages de la Bourse. Christophe regarda dehors.

Des porteurs tamils, *longhi* relevé à mi-cuisse, *tuni* enroulé autour du front, finissaient de charger les bagages dans un avion d'Air India. Christophe prenait British Airways vers la France. Il se concentra sur les porteurs pour ne pas réfléchir à son départ. L'un d'eux avait l'air de raconter une histoire, sans doute une histoire de magie noire entre voisins ou d'enlèvement pour mariage illicite. « Des enfants ! »

pensa Christophe. Des enfants qui bien souvent l'avaient exaspéré. Surtout les hommes, les *ayas*. Moins à cause de leurs histoires de magie ou de leurs drames sentimentaux qu'en raison du souci outrancier qu'ils accordaient à leur appartenance à telle caste ou sous-caste. Ils connaissaient par cœur les droits et les prérogatives qui en découlaient et pouvaient ainsi en tirer un maximum d'avantages. Or, dans les villages, il existe des centaines de sous-castes ! L'organisation du travail sur la ferme était devenu un cauchemar. Un tel qui appartenait à telle sous-caste pouvait semer mais pas labourer ; un autre pouvait labourer mais pas reconduire les bœufs à l'étable ; et celui qui pouvait reconduire les bœufs ne pouvait pas les nourrir. « Pire que des employés syndiqués ! » s'était un jour exclamé Hadrien. Christophe avait solutionné le problème en employant des femmes.

Selon l'orthodoxie hindoue, toutes les femmes appartiennent à la dernière caste de la hiérarchie socioreligieuse ; toutes les femmes sont des *suddhas*, des serviteurs. N'en déplaise aux filles de bonnes familles qui se définissent en tant que brahmines, *shatryas* ou *vashyas*. Dans les villages, les femmes sont peu préoccupées par leur statut social puisque, d'une certaine façon, elles n'en ont pas. Elles acceptent n'importe quel travail.

« Les femmes, se dit Christophe, sont plus libres que les hommes de toutes les lois artificielles ; elles ne les ont pas inventées. Je ne comprends pas qu'elles soient si soumises aux hommes. En général, elles sont meilleures qu'eux. » Puis il pensa à Catherine, la jeune Française qu'il allait rejoindre à Paris. Mais il ne voulait rien préparer à l'avance, rien. Et il s'empêcha de penser à Geneviève, qu'il avait croisée sur la route le matin même.

Les porteurs revinrent à quatre chercher un chariot vide. Le Hollandais lisait toujours les pages financières. Avait-il gagné ou perdu? Pas la moindre indication sur sa figure placide. « Il a la peau trop blanche, pensa Christophe, ce n'est pas joli. » Au micro, on demanda aux passagers de se présenter pour l'embarquement. Dehors, les porteurs poussaient leur chariot vide. Christophe aurait voulu pousser avec eux. Il ne voulait pas partir avec l'homme au rubis. Il ne méritait pas ça. Il se leva. Les porteurs disparurent au loin.

*

Paris, novembre 1983

L'avion survolait la France. Christophe reconnut le ciel du Nord. Sans joie. Il ne voulait pas perdre le sens de l'humour. « Le dérapage est allé loin, se dit-il, espérons que l'avion ne se mette pas de la partie à l'atterrissage. » Puis comme chaque fois qu'il allait atterrir, il se rappela un événement de son enfance. Un événement qui ne l'avait nullement bouleversé à l'époque, mais qui par la suite l'avait influencé. Il avait neuf ans. Il était allé au parc du village. D'un côté du parc, on avait installé de nouvelles glissoires; de l'autre, on avait laissé les anciennes, que plus personne n'utilisait. Christophe avait abandonné ses amis et s'était rendu du côté des vieilles glissoires. Il avait grimpé à l'une d'elles. Et il était tombé de quelque six mètres de haut. Pourquoi, comment, il l'avait oublié ou peut-être ne l'avait-il jamais su. Mais il se rappelait très bien qu'il n'était pas tombé. Il avait plané, flotté lentement dans l'air jusqu'au sol où il avait atterri doucement sans une égratignure. Et il se rappelait encore davantage que pendant le vol, il était conscient de tout ce qui se passait dans le parc. De tout, absolument, et en détail : des enfants qui jouaient, riaient, mangeaient, des arbres, des fleurs, des oiseaux qui piaillaient et tourbillonnaient. Sitôt posé au sol, il avait couru rejoindre ses copains et n'avait jamais parlé à personne de son aventure.

La capacité de défier la gravité est connue et fait partie de la liste des *siddhis*, pouvoirs accessibles au yogi. Le fait que Christophe ait eu cette expérience à neuf ans indiquait peut-être qu'il avait acquis un tel pouvoir dans une vie antérieure totalement oubliée et dont il n'avait jamais cherché à se rappeler. Il n'avait aucune indication sur ses vies antérieures, sauf une. Il avait rêvé qu'il marchait avec un ami dans un lieu et un temps qui n'avaient rien à voir avec sa vie actuelle. Ils arrivaient tous les deux dans un endroit où un *rishi* enseignait à une petite foule de disciples. En les apercevant, le *rishi* disait : « Ah ! Vous êtes avec Sri Aurobindo, vous avez la marque. »

L'atterrissage à Roissy se fit en douceur, sans dérapage. Christophe avait passé sept ans dans la brousse aurovilienne, l'architecture avant-gardiste de l'aérogare le projeta dans un film de science-fiction. Il emprunta un tapis roulant. Un interminable tapis roulant. En temps normal, il aurait marché deux fois plus vite que le tapis. Il ne fit pas un pas. Il se laissa porter jusqu'au bout et fut heureux d'avoir encore quelques couloirs à traverser avant d'atteindre la sortie. « Le film est en noir et blanc », se dit-il. Tout était gris. Avant de traverser la dernière porte, il s'arrêta. Il regarda par la baie vitrée. On apercevait un champ vague, une clôture, une autoroute. Christophe voyait aussi des porteurs tamils en *longhis* multicolores pousser un chariot vide. Il eut envie de pleurer. Où allaient-ils avec leur chariot vide ? Il s'assit sur sa valise. Une très belle dame lui demanda s'il allait bien. Sa gentillesse le réconforta et lui rappela qu'il n'était pas là pour lui. Catherine n'avait pas vingt ans, elle était enceinte. Elle lui avait demandé de venir, il était venu. L'aider à voir clair, à prendre une décision. Il était venu parce qu'il ne voulait pas jouer le rôle du parfait salaud. Parce qu'il n'était pas un parfait salaud, et n'avait aucune intention de le devenir.

Il se remit en marche, à pas rapides cette fois, les pas de Christophe, durs du talon et pourtant légers. Il l'aperçut de loin. Elle se retourna. Elle eut un élan. Ses bras s'ouvrirent imperceptiblement. « Qu'est-ce que j'ai fait ? se dit Christophe, je n'aurais pas dû venir. Ce sera pire pour elle après, pire. » Catherine comprit tout de suite qu'il était venu par devoir, non par amour. Elle baissa les paupières, resserra les bras, attendit qu'il arrive jusqu'à elle. Il y eut un tel malaise que ni l'un ni l'autre n'arrivaient à parler.

— Assoyons-nous, dit Christophe, je suis fatigué.

Ils allèrent s'asseoir à la table d'un café plus paisible que les autres. « Bizarre de retrouver un être dans un contexte totalement différent de celui où on l'a connu », pensa Christophe. Elle était tout en noir. Cela allait bien avec ses cheveux tout aussi noirs, ses yeux verts et ses joues roses. Sans le regarder, elle demanda :

— Tu veux quelque chose ?

— Un café, dit-il.

Elle commanda un café et un jus d'orange.

— Je n'aurais peut-être pas dû venir, commença Christophe.

Catherine, levant un œil dur, le coupa.

— Tu es venu pour ta bonne conscience.

Christophe resta un instant muet.

— Pas seulement pour ma bonne conscience.

Il s'arrêta, reprit :

— Même si j'étais amoureux de toi, Catherine, et je pourrais peut-être le devenir sans trop me forcer, ça ne servirait à rien. Regarde-moi. Je ne peux pas rester ici. Alors, quoi ?

— Je sais…, dit-elle. Ce n'est pas pour cela que je voulais te voir. Tout à l'heure, j'ai eu envie de me jeter dans tes bras, c'est vrai, mais… dans les bras de qui veux-tu que je me jette ?

Christophe saisit les mains de Catherine. « Quel idiot je suis ! se dit-il. Je ne pense qu'à me protéger. »

— C'est trop bête. J'ai fait l'amour deux fois en un an, et je suis enceinte.

Christophe voulut l'amuser :

— J'ai fait l'amour deux fois en sept ans et tu es enceinte. Ensemble, on a peut-être battu un record Guinness.

Elle sourit. Christophe se mit à rire. L'atmosphère se décontracta. Il eut l'impression de respirer pour la première fois depuis son départ de l'Inde.

— Tu vois, la différence, reprit Catherine, c'est que moi je suis enceinte, et pas toi.

Christophe serra plus fort les mains de Catherine. Il se dit qu'il aimerait mieux être enceinte à sa place que de se sentir aussi impuissant. Mais il continua intérieurement : « C'est facile à dire et complètement inutile. J'ai des problèmes psychologiques, les siens sont physiques, qu'elle garde ou non le bébé. C'est concret, un bébé, et ça dure longtemps. Un avortement aussi, c'est concret. »

— Je ne voulais pas d'enfant, affirma Catherine. Je suis trop jeune et toute seule… C'est de la folie. J'avais décidé de me faire avorter, sans t'en parler. J'ai pris rendez-vous. J'ai encore ce rendez-vous.

Mais… je ne sais plus. Je voulais te voir parce que non seulement tu es le père mais parce que tu sais peut-être des choses occultes que je ne sais pas.

— Je ne sais rien. Je voudrais bien t'aider mais je ne sais rien.

Puis il se rappela :

— J'ai lu que l'être psychique, l'âme peut venir dans l'atmosphère de la mère même avant la conception de l'enfant. Mais elle n'entre pas dans le corps du bébé avant la naissance. L'âme ne s'incarnerait qu'à la naissance ou après.

— Tu vois, tu sais des choses, dit Catherine.

— Je les ai lues, insista Christophe, je n'ai aucune connaissance occulte au sujet de la naissance et de la mort.

— Pas très longtemps après avoir pris le rendez-vous, j'ai fait un rêve, raconta alors Catherine. C'est vrai, les rêves ?

Christophe était gêné par les questions. Il se sentait incompétent.

— Ça dépend. Il y a toutes sortes de rêves.

Les yeux de Catherine étincelèrent.

— Dans le rêve, j'étais couchée et je dormais. Mais on m'appelait. Je me réveillais et j'allais voir derrière un rideau, derrière un voile où se trouvait un bébé magnifique dans un berceau. Je n'aime pas beaucoup les bébés, mais il était si beau. C'était une fille. Elle avait des yeux trop intelligents pour un bébé. Tu dirais « conscients ». Elle était plus consciente que moi, et très joyeuse. Juste après le rêve, je me suis réveillée et j'étais… légère. Puis j'ai pensé que j'étais enceinte et j'ai pensé au bébé et… Je ne sais plus quoi faire.

Christophe non plus ne savait plus quoi faire.

— Tu voudrais revenir à Auroville ?

Catherine le regarda, baissa les yeux et réfléchit :

— Non, dit-elle. Sans le bébé, je ne serais pas retournée à Auroville. Je ne veux pas faire ça. Je veux finir mes études, bébé ou pas. Je ne veux pas me sacrifier et, après, en vouloir au bébé.

Christophe sourit si doucement…

— Qu'est-ce que je peux faire ? Je ne peux pas prendre la décision pour toi. Il ne faut pas trop t'en faire. Tu es honnête, ne te torture pas, prends une décision, ce sera la bonne.

— C'est vrai, les rêves ? demanda encore une fois Catherine.

— Le tien me semble vrai. Pour être franc, quand tu l'as raconté, j'ai pensé que la petite fille était toi, une très belle partie de toi ; pas le fœtus que tu as dans le ventre. Mais tu le sais mieux que moi.

Catherine ne dit rien. Elle termina son jus d'orange.

— J'habite chez une amie. Elle restera chez son copain pendant que tu es là. Tu peux te reposer et ensuite tu verras quand tu veux repartir, non ?

— Oui. Allons-y, dit Christophe. Il faut que je dorme, les avions ne sont pas très confortables.

Ils marchèrent côte à côte en silence. Comme ils allaient sortir de l'aéroport, Catherine se tourna vers Christophe :

— Ne viens pas, dit-elle, très calmement. Dors ici. Ne viens pas avec moi. Va-t'en tout de suite. Retourne en Inde. Dépêche-toi. Tu n'as rien à faire ici.

Christophe la regarda, sidéré. Elle lui fit deux bises, traversa la porte et s'en alla sans se retourner. Il resta figé.

*

Christophe serra si fort la poignée de sa valise qu'il se fit mal. La douleur le tira de son engourdissement. Abandonné dans une science-fiction qui ne l'intéressait pas, il erra dans l'aéroport, sorte de non-lieu extraterrestre. Après un temps de « paralysie », son corps s'était mis à réciter le mantra, par entraînement, par habitude. Son corps et son cerveau. Il trouva un banc, posa sa valise sur le banc et sa tête sur la valise. Il allongea les jambes. « Nous sommes les itinérants d'une certaine galaxie, se dit-il en souriant, malgré les larmes qui roulaient sur ses joues. Amas de matière à demi somnambule au milieu de ce qui, sans nous, pourrait bien avoir l'air d'un néant. Me voilà poète. Dormons. »

Deux heures plus tard, Christophe se réveilla, le cœur dévasté et une seule pensée en tête : « *Let's go home.* »

*

Un jour qu'elles répétaient ensemble un spectacle, Lysiane demanda à Geneviève ce qu'il restait de l'amour entre elle et Christophe. Geneviève lui répondit en installant son violoncelle :

— L'amour. L'amour sans les griffes, comme tu dis.

— J'ai vu que vous vous reparliez, osa Lysiane en s'étirant à la barre de danse.

Geneviève ne répondit rien. Lysiane se tut. La musicienne accordait son instrument.

Après un long silence, elle releva la tête :

— Christophe emménage avec moi, dit-elle. Maintenant, travaillons !

Quatrième partie

La lucidité

La lucidité est la blessure la plus proche du soleil.

Paul Éluard

Depuis son dernier passage à Auroville, Jean-René correspond régulièrement avec Lysiane. Sa carrière journalistique se porte bien. Ses articles sur l'Inde l'ont aidé à se refaire une réputation dans le monde de la presse. Il n'a toutefois rien publié sur Auroville. Il vit avec la même femme depuis son retour de l'Inde et a écrit à Lysiane : « Tu l'aimerais toi aussi, elle te ressemble. »

De son côté, Lysiane pratique le théâtre, donne des cours de danse et s'intéresse aux arts visuels. Dans ses lettres à Jean-René, elle parle de son yoga, de son travail, de ses amis, de ses voyages dans une Inde qu'elle aime toujours autant. Mais elle se fait de plus en plus discrète au sujet de l'ambiance générale d'Auroville.

Comme de nombreux Auroviliens, Lysiane avait espéré que la *Society* renonce à ses droits de propriété avant la fin de la tutelle prévue pour 1985 et qu'Auroville puisse alors obtenir un statut autonome. Les gens de la *Society* n'avaient-ils pas eux-mêmes reconnu la Charte d'Auroville ? Mais même après la défaite en Cour suprême, même après la mort du *chairman* qui avait fait emprisonner des Auroviliens, la *Society* s'y refuse. En outre, les efforts tentés pour réintégrer les « neutres » dans la communauté échouent.

En 1984, des Canadiens de Colombie-Britannique visitent Auroville ; ils apprennent que l'on cherche depuis plusieurs années une forme de statut légal qui respecterait le premier article de la Charte d'Auroville : pas de droit de propriété ni privée ni gouvernementale. Or, eux-mêmes sont membres d'un trust que le gouvernement du Canada a accepté de reconnaître comme étant non pas le propriétaire d'un territoire mais son *caretaker*, son gardien. Pour créer ce trust, ils se sont inspirés du texte du Grand Chef amérindien Seattle en réponse à une demande d'achat des terres indiennes par le gouvernement des États-Unis dans les années 1850 : « Comment peut-on acheter ou vendre le ciel, la chaleur de la terre ; cette idée nous semble étrange ; la fraîcheur de l'air et le scintillement de l'eau ne nous appartiennent pas. »

Julia, une Aurovilienne de longue date, organise un meeting pour permettre au couple canadien de parler du statut particulier que le gouvernement a accordé à ce trust. Lysiane y est présente. Pour la première fois, les Auroviliens croient avoir trouvé une solution correspondant à l'idéal d'Auroville. Ils s'enthousiasment. Peter, leader rebelle et représentant à Delhi, se charge d'en parler aux « amis ».

La réponse est négative et sans appel : anticonstitutionnel.

Julia et Lysiane s'inquiètent : les « amis de Delhi » et le gouvernement de l'Inde veulent-ils et peuvent-ils vraiment donner à Auroville le statut qui lui convient ? Depuis plusieurs années déjà, les représentants, Maxime et Peter, cherchent en vain une solution.

Cette fois, la déception est amère.

*

La même année, le disciple de la Mère, conseiller des rebelles aux premières heures de la lutte, adresse des lettres sévères à ceux qu'il appelle ses « frères » d'Auroville. Sa vision subtile lui permet d'affirmer que quelque chose ne va pas, ne démarre pas, que le grand bateau d'Auroville s'enlise avant même d'avoir pu voguer. Plusieurs Auroviliens lisent ses lettres avec attention. Pour certains, elles confirment des intuitions ou des perceptions troublantes. Pour d'autres, plus pragmatiques, ces avertissements paraissent abstraits, voire inutiles puisqu'ils n'apportent aucune solution concrète aux problèmes. On pourrait tout de même s'attendre à ce que les observations de cet « ami » provoquent une réflexion collective. Malheureusement, les « fanas », presque tous *Frenchies* – les « neutres », eux, comptent de nombreux Allemands –, récupèrent sur un ton condescendant et hargneux les propos de ces lettres. La majorité des Auroviliens se braquent. Les ego nationaux s'enflamment. On qualifie le tout de procédé d'intimidation. Plusieurs sont convaincus que les Frenchies fanatiques n'ont qu'un but : expulser les soi-disant indésirables, « neutres » ou autres, et prendre le contrôle de l'organisation interne d'Auroville. Dans un contexte de rivalités mesquines, les avertissements du disciple ne réussissent qu'à attrister et diviser encore davantage les Auroviliens.

En 1985, aucune solution permanente n'est encore trouvée. Les autorités indiennes décident de reconduire pour un an la tutelle temporaire. La guerre devient alors une guerre à finir.

*

Novembre 1986

Cher Jean-René,

Tu me trouves silencieuse. Il est difficile de parler durement d'un endroit que l'on aime et qui nous a en quelque sorte sauvé la vie.

La Présence emplit toujours notre désert rouge. Un peu moins rouge tout de même, car il tourne au vert. Mais je ne sais plus où nous allons collectivement. Nous accumulons les frictions entre individus, clans, factions, et même nationalités. Les gens se désintéressent des affaires publiques, fuient les meetings qui, tu l'avais toi-même expérimenté, n'aboutissent jamais à des actions concrètes et se terminent en bataille orale ou en queue de poisson. Les « fanas » sont de plus en plus fanas et accusent « les autres » de tous les péchés qui empêchent Auroville d'évoluer. Les « neutres » sont toujours aussi neutres et se prennent sans doute, comme les « fanas », pour les héros d'une guerre qui n'en finit plus. La division gagne du terrain partout, même dans les groupes de travail, même dans les communautés. Le « processus collectif » auquel nous avons tellement cru, la magie qui nous portait quand nous étions ensemble bien soudés dans le travail et dans la lutte sont court-circuités. Même le théâtre est mort.

Les Auroviliens n'ont plus vingt-cinq ans, mais trente-cinq. Ils ont épuisé les expériences et les délires de la vie communautaire et goûtent maintenant aux préoccupations et aux responsabilités de la vie familiale. Ils ont fait des bébés et s'inquiètent de leur santé, de leur éducation et de leur avenir. Le besoin de sécurité matérielle prend le pas sur le besoin d'aventure.

Venus il y a cinq, dix ou quinze ans pour construire « un monde nouveau » plusieurs se mettent à répéter que l'Auroville idéale est pour plus tard. Que la transformation supramentale est pour plus tard. Que nous ne sommes pas prêts à de telles réalisations. C'est la porte ouverte à toutes les médiocrités. La capacité des hommes à justifier les comportements les plus aberrants et les plus grandes lâchetés ne cesse de m'étonner.

Lors de ta visite, nous avions parlé du système économique collectif d'Auroville. Je t'avais mentionné les pressions exercées par certains pour établir une économie individualiste. Ce virage a été amorcé dès 1984. Il a contribué à miner une solidarité chancelante et a déjà altéré l'ambiance de la communauté. Les partisans de l'économie individualiste se disent persuadés qu'un bon nombre d'Auroviliens, les artistes en premier, sont de fieffés paresseux. Oui, j'ai l'impression d'entendre un bien vieux discours. Jusque-là, artistes ou non, nous avions réussi à faire du travail un moyen d'expression et une manière de mettre nos énergies au service de la collectivité. Maintenant, comme partout dans le monde, les Auroviliens se cherchent un emploi, un moyen de « gagner leur vie ». Bien qu'on s'entête contre tout bon sens à le nier, la tendance individualiste s'accentue lentement, mais sûrement. On est en droit de se demander jusqu'à quel point on pourra continuer dans ce sens sans se faire complètement récupérer par le système capitaliste et assujettir au struggle for life *omniprésent sur la planète.*

D'autre part, des choses qui ont l'air sans importance m'inquiètent tout autant. Dans une Auroville où l'influence du gouvernement s'intensifie sur le plan politique, social, financier et même moral, les « Pour tous meetings » sont devenus des General Meetings ; *la Coopérative a cédé la place à l'*Executive Council, *et le groupe de nos envoyés à Delhi a été lourdement baptisé* Task Force. *On se croirait à l'armée. La bureaucratie n'a jamais souffert d'un excès de poésie. Mais au pays des mantras, les choses deviennent les noms qu'on leur donne. Les Auroviliens le savent bien. Ils ont appelé leurs communautés Aspiration, Grâce, Repos, Ami, et leurs enfants Aurore, Bhakti (dévotion), Jyoti (lumière).*

Autant nous avons cru exagérément à des valeurs et à une identité auroviliennes, autant nous voulons maintenant prouver aux gens de l'extérieur, et pas toujours aux plus révolutionnaires, que nous pouvons faire aussi bien qu'eux. Cela nous oblige à nous aligner de plus en plus sur leurs critères et leurs échelles de valeurs. Le besoin de reconnaissance, tout comme la volonté de pouvoir à la Nietzsche, va rarement de pair avec la quête de la Vérité.

Il faut dire que plusieurs trouvent leur compte dans une Auroville qui reçoit, enfin, des subventions, élève son niveau d'éducation et développe son commerce. Une Auroville plus riche. Bien que moins conviviale. Personne ne peut nier la détérioration des relations interpersonnelles et la difficulté grandissante des Auroviliens à travailler ensemble et à s'administrer eux-mêmes. La tutelle gouvernementale était sans doute nécessaire pour contrecarrer l'ambitieuse Society ; *seul le gouvernement de l'Inde pouvait lui enlever son pouvoir de propriétaire. Mais plus la tutelle se prolonge, plus on en ressent les effets nocifs. Il serait simpliste de lui imputer toutes les misères de l'actuelle Auroville, mais il serait inintelligent ou hypocrite de ne pas lui en imputer une partie. Qu'ils le veuillent ou non, les administrateurs gouvernementaux jouent le rôle d'arbitre et d'autorité ultime. Leur présence, ajoutée à la puissante influence de certains « amis de*

Delhi » sur les représentants auroviliens, a contribué à réduire presque à néant l'effort, autrefois vital, d'organisation et de collaboration des Auroviliens entre eux. La tutelle gouvernementale et le paternalisme de personnes de l'extérieur des mieux intentionnées les ont infantilisés et continuent de les infantiliser politiquement, socialement et spirituellement. Déjà, courtiser les V.I.P. est devenu un moyen d'obtenir des projets, des responsabilités, des pouvoirs et des privilèges. Encore peu d'Auroviliens jouent à ce jeu, mais avec le temps, l'exception pourrait devenir la règle.

De nombreuses personnes, il est vrai, ont une lecture des faits diamétralement opposée à la mienne. Elles affirment que, depuis toujours, les Auroviliens ont un comportement infantile, qu'ils sont incapables de s'organiser et de s'administrer eux-mêmes et que sans la présence du gouvernement et l'aide de personnes de l'extérieur plus « avancées » qu'eux, Auroville aurait depuis longtemps sombré dans le chaos.

Quoi qu'il en soit, je t'avouerai avoir du mal à trouver ma place dans une Auroville qui s'oriente, qu'on l'admette ou non, vers la recréation d'une société semblable à celle que j'ai quittée il y a dix ans. Peu d'Auroviliens semblent conscients de ce glissement, pour moi si évident. Peut-être refusent-ils d'en être conscients.

Un ami m'assure que ma nature pessimiste m'empêche de voir qu'ici on refait en accéléré l'histoire du monde depuis ses débuts. Selon lui, le temps de la tribu est révolu, il faut maintenant devenir des individus solides avant de pouvoir accéder au post-individualisme. Je souhaite qu'il ait raison.

Je ne suis aucunement désespérée ; j'essaie d'être lucide. La lucidité n'est-elle pas à la base du progrès. Philippe m'avait dit : « Ce sont les mêmes vieux hommes, que veux-tu qu'ils fassent de neuf ? » Il est bien évident que si nous ne changeons pas radicalement, nous referons la même vieille histoire du monde. En pire peut-être. Nous pourrions bien y ajouter une bonne dose de prétention et prendre les sentiers battus pour des pistes nouvelles. Et pourtant…

Lysiane

La fin d'un rêve ?

Au cours de cet automne, les « amis » membres du gouvernement avertissent Maxime et Peter, toujours représentants d'Auroville à Delhi, que la tutelle temporaire, prolongée d'un an en 1985, ne pourra pas l'être une deuxième fois. Le temps presse, disent-ils. La *Society* fait plus que jamais pression sur le gouvernement et sur l'opposition pour qu'on lui rende Auroville. Or, pour les « amis de Delhi » comme pour les représentants d'Auroville, le retour de la *Society* est impensable. Même si ses administrateurs déclarent qu'ils accepteraient de partager l'administration d'Auroville. Partager le pouvoir avec une organisation qui a affirmé en Cour suprême qu'Auroville était une religion et qui refuse d'abandonner ses privilèges de propriétaire est inacceptable. Et dans ce cas, il faut présenter une autre solution.

Dans les semaines qui suivent, l'*Executive Council* convoque un *General Meeting* pour informer les Auroviliens des derniers développements relatifs à l'avenir d'Auroville.

Or, quelques jours avant le meeting, Peter invite chez lui deux *Frenchies* : Étienne et Jacques, le petit frisé et le grand maigre aux lapins du fameux « Pour tous meeting » qui, dix ans plus tôt, s'était terminé par l'occupation de la route du Matrimandir.

*

Les deux Français se rendent chez Peter sans savoir de quoi il veut leur parler. « Politique, bien sûr », avance Étienne en levant bien haut des sourcils en accent circonflexe. Tous se souviennent encore de son arrivée à Auroville, adolescent attardé croulant sous ses boucles brunes, un joint perpétuel aux lèvres. L'intelligence et l'ironie ne quittent jamais les yeux noirs d'Étienne. Il injurie ses ennemis en souriant. Jacques est plus grave, c'est un tourmenté. Pour la rencontre avec Peter, il a déjà inventé une dizaine de scénarios différents. En France, il était comédien. Au moment des guerres avec la *Society*, il répétait devant la glace ses interventions aux meetings à venir et testait préalablement ses « effets » à la cuisine d'Aspiration.

Les deux copains trouvent Peter assis dans sa paisible demeure, un verre à la main.

À la création d'Auroville, Peter est jeune, riche et beau. Sa compagne aussi. Ils construisent la première maison en dur au centre de la future ville. Peter s'achète un berger allemand et un cheval de race. Le matin, il descend à cheval vers la mer accompagné de son chien. Les gamins tamils de Kuilapalayam le regardent passer. À cause du cheval, peut-être, ils ne lui lancent pas de cailloux comme ils en lancent aux autres *vélékarans* qui, eux, passent en moto ou, le plus souvent, à vélo. Ils appellent Peter « The Lord ».

Quelques années plus tard, Peter devient un des initiateurs de la révolte contre la *Society* et plus particulièrement contre son *chairman*, coupable à ses yeux d'abus de pouvoir. Dans les années qui suivent, il demeure l'un des principaux émissaires d'Auroville auprès des « amis de Delhi » et des membres du gouvernement de l'Inde. Cette tâche lui plaît ; il dit lui-même avoir besoin de fréquenter les gens de renommée, de richesse et de pouvoir. Il dit aussi avoir besoin non pas d'un guru mais d'un grand frère dont il puisse suivre les traces. Certains « amis de Delhi » jouent pour lui ce rôle.

Peter est un homme solide d'allure noble. C'est la tête la plus connue d'Auroville, à l'intérieur comme à l'extérieur. Il possède un charisme certain et un fort pouvoir d'influence sur un grand nombre d'Auroviliens. Mais ce soir-là, il est seul.

Il ne cache pas son inquiétude à ceux qu'il accueille, ceux qui ont été avec lui des leaders dans la bataille contre la *Society*. Les *boys*, comme il appelle Jacques et Étienne, sont encore des leaders dans le groupe des « purs et durs ». Malgré de fortes divergences d'opinions, malgré une vision différente d'Auroville et du monde, Peter les considère toujours comme des amis. Il leur remet un document et leur demande de le lire attentivement.

*

Le *General Meeting* a lieu au Bharat Nivas, le Pavillon de l'Inde à Auroville. L'assistance est plus importante qu'à l'habitude, une centaine de personnes. Un des membres de l'*Executive Council* annonce la fin de la tutelle temporaire et le début de la préparation par Delhi d'un statut permanent qui mettra Auroville à l'abri de la *Society*.

Dans l'assemblée, on pose des questions au sujet du statut permanent. Les membres du *Council* et de la *Task Force* répondent qu'on ne peut rien dévoiler sans mettre en péril toute l'entreprise et qu'il faut faire confiance aux « amis de Delhi » qui ont déjà tellement fait pour Auroville. Un grand blond sceptique pose des questions au sujet d'un plan d'organisation interne réclamé et à moitié dicté par Delhi avec des *monitoring bodies* et des *core groups* qui ne correspondent en rien à l'esprit des Auroviliens ni à leur mode de vie.

Les représentants s'impatientent.

Jacques, le grand maigre aux lapins, se tient debout derrière la foule depuis le début de l'assemblée. Il demande la parole.

— Les représentants d'Auroville cachent délibérement des informations majeures aux Auroviliens, déclare-t-il sur un ton grave.

L'atmosphère se crispe. Un des membres du *Council* répond que certaines décisions gouvernementales doivent rester confidentielles. Il admet qu'il existe une proposition de statut permanent. Mais la proposition, ajoute-t-il, est à l'état d'ébauche, elle est rédigée en termes légaux incompréhensibles pour les Auroviliens et il faut absolument éviter qu'elle ne se retrouve entre les mains des gens de la *Society*. Jacques, lui, croit que l'on redoute davantage la réaction des Auroviliens à la proposition que la réaction de la *Society*. Il accuse les membres du *Council* et de la *Task Force* de mentir et de prendre les Auroviliens pour des imbéciles. Il jette une copie de la proposition au milieu de l'assemblée et quitte violemment les lieux.

Quelques jours plus tard, d'autres copies de la proposition « secrète » sont distribuées dans diverses communautés d'Auroville.

*

Alertés, les Auroviliens se rendent en grand nombre dans les endroits où l'on a déposé les documents. Le texte est moins difficile à lire que ne le prétendent les membres de la *Task Force* et de l'*Executive Council*. En Inde, les droits d'administration sont normalement liés aux droits de propriété. Pour délivrer Auroville de la *Society*, on veut casser ce lien. Dans un premier temps, on reconnaît les droits de propriété de la *Society* sur les terres achetées pour Auroville puis, dans un deuxième temps, on enlève à la *Society* les droits d'administrer le projet en faisant d'Auroville une institution gouvernementale. Une entourloupette légale, habile mais dangereuse. Si cette proposition était adoptée, Auroville se retrouverait avec en quelque sorte deux propriétaires ! La *Society* et le gouvernement de l'Inde ! La *Society* propriétaire des terres et le gouvernement propriétaire-administrateur du projet. C'est du moins ce que les Auroviliens comprennent.

Or, les rebelles ont fait la guerre pour faire respecter le premier article de la Charte : « Auroville n'appartient à personne en particulier mais à toute l'humanité dans son ensemble » et pour donner à Auroville une administration autonome.

— Échec et mat, dit Raoul en lisant la proposition. Il faudrait manquer d'humilité pour ne pas l'avouer.

Il a tout de même envie de vomir.

Geneviève et Christophe se sont construit une maison dans la *Green Belt* ; ils se rendent à Fertile Windmill, une communauté tout près de chez eux, où l'on a déposé le document. Après avoir lu le texte, Christophe le repousse du revers de la main. Sur la piste rouge, ils croisent Julien. L'homéopathe leur fait signe et immobilise sa moto. Lui aussi a lu le texte. D'un naturel calme, il semble pourtant exaspéré.

D'autant plus exaspéré qu'il vient de parler avec Maxime, un Maxime furieux que la proposition ait été distribuée à tous vents.

— On se demande parfois si les représentants d'Auroville à Delhi ne sont pas devenus des représentants de Delhi à Auroville, dit Julien. Ils pensent comme des bureaucrates, agissent comme des politiciens et méprisent les Auroviliens qu'ils ne trouvent pas à la hauteur des hautes voltiges de Delhi.

Puis il ajoute avant de redémarrer sa moto :

— À force de vouloir sauver Auroville, on finira par l'assassiner.

*

Comme Christophe, Lysiane Delambre habite la *Green Belt*. Une Aurovilienne en partance lui a laissé sa maison. À midi, elle trouve Jacques assis à la terrasse.

— Qui a composé ce texte ? lui demande-t-elle.

— Un « ami de Delhi », avec l'aide de Maxime, durant un voyage en Europe, répond Jacques.

— Ils auraient mieux fait de rester en Europe, déclare Lysiane avec le peu d'humour qui lui reste.

— « L'ami de Delhi » a demandé que la proposition reste secrète. Les membres de l'*Executive Council* et de la *Task Force* ont accepté.

Lysiane apprend alors comment le document est tombé entre les mains de Jacques.

Pourquoi ? se demande-t-elle. Pourquoi Peter a-t-il remis le document à Jacques et à Étienne ? Contre la demande de « l'ami de Delhi » pour lequel il a une véritable admiration et un profond respect et contre la décision du *Council* et de la *Task Force* dont il fait partie. A-t-il eu, comme le croit Jacques, des doutes soudains sur le contenu de la proposition ou, de façon plus globale, sur l'orientation que « l'ami de Delhi » veut donner à Auroville ? Croit-il que si cette proposition doit devenir la réalité d'Auroville, les Auroviliens qui ont une influence sur la collectivité doivent en être mis au courant le plus tôt possible ? Pourquoi avertir les « purs et durs » ? Les grandes gueules ? Souhaite-t-il mettre le feu aux poudres ? Peter a beaucoup lutté pour qu'Auroville se libère de ses propriétaires. Et depuis plus de dix ans, il cherche en vain, dans tous les sens, un moyen de donner à Auroville une administration autonome. Essaie-t-il encore une fois de réveiller les Auroviliens, de provoquer une prise de conscience collective pouvant conduire à une solution plus conforme à l'idéal pour lequel ils se sont battus ? Car la proposition présentée est loin, bien loin de ce dont on avait rêvé sous le banian. Ou alors Peter a des motivations plus personnelles d'agir ainsi. Des rivalités existent entre lui et d'autres représentants de la *Task Force* à Delhi : des guerres d'influence et de pouvoir. Qu'importe, se dit Lysiane, agacée par ses propres pensées.

— Mais enfin, Jacques, « l'ami » et Maxime n'ont pas inventé ce charabia pour le plaisir du mensonge et de la complication. Qu'est-ce qui les pousse à faire une chose pareille ? demande-t-elle.

— Je ne sais pas. Tout ce que je sais, c'est qu'on a caché et qu'on cache encore des informations aux Auroviliens. Ils disent : « Il ne faut pas que la *Society* sache ! » Mais la *Society* sait tout, avant même qu'on ait le temps d'y penser !

*

Le lendemain, Lysiane se rend chez un ami indien qui a lui-même longtemps fait partie de la délégation à Delhi.

— Je veux comprendre, lui dit-elle.

— Nous n'avons pas le choix.

— Ça fait dix ans qu'on joue les héros pour sauver la Charte d'Auroville, dit Lysiane, et au bout de dix ans, nos amis de Delhi et nos représentants mettent la Charte à la poubelle et décident qu'un partage des propriétés et des pouvoirs entre la *Society* et le gouvernement de l'Inde est une bonne solution pour Auroville. Où sont passés les grands discours sur l'administration autonome ?

— Ce n'est pas possible, c'est contre les lois de l'Inde.

— L'Inde a reconnu la Charte d'Auroville.

— Lysiane, tu ne veux pas comprendre. Si l'Inde reconnaissait une administration indépendante pour Auroville, qu'est-ce qui arriverait avec le Kashmir et le Penjab ?

— Ça n'a rien à voir ! Et même si ça avait à voir, pourquoi est-ce qu'on ne nous l'a pas dit avant ?

— Je ne sais pas. Je n'étais pas là. Tout le monde aurait pu vous dire que, selon les lois indiennes, si le gouvernement met en tutelle un projet, en levant la tutelle, il doit rendre l'objet de la tutelle à ses premiers propriétaires ou se l'approprier. C'est limpide.

Lysiane reste muette.

En 1980, quand on a demandé aux Auroviliens d'accepter la tutelle temporaire, personne n'a cru bon de leur expliquer ce très simple article de la loi. Personne n'a cru bon de leur expliquer que si aucune entente ne pouvait être conclue avec la *Society*, Auroville serait piégée, en tous les cas légalement. Pourquoi ? Pendant des années, on les a laissé rêver d'une administration autonome. Pourquoi ? Parce que l'on croyait au Rêve de Mère et au Miracle ? Peut-être. Mais sept ans plus tard, on ne semble plus croire ni au Rêve ni au Miracle. On demande aux Auroviliens de croire au gouvernement de l'Inde et de donner aveuglément leur appui à un projet qui va à l'encontre des recommandations de Mère et qui, qu'on l'admette ou non, bafoue la Charte d'Auroville. Et on traite d'irréalistes ceux qui croient encore au Rêve et au Miracle. Même à ce moment décisif de l'histoire d'Auroville, on cache encore des informations majeures aux Auroviliens, comme l'a dit Jacques. Pour les meilleures raisons du monde. Mais peut-être aussi pour éviter que « l'ignorance » des Auroviliens n'entrave les volontés éclairées des gens de Delhi. Peut-être aussi par condescendance et par mépris.

Lysiane se lève.

— Les fonctionnaires, les avocats du gouvernement, les ministres ne sont pas auroviliens et ne pensent pas comme des Auroviliens, Lysiane. Ils ne sont pas tous favorables à Auroville ou à la cause des rebelles à Auroville. Plusieurs appuient fortement la *Society*. Les « amis de Delhi » ne sont pas tout-puissants, loin de là. Leur tâche est délicate et difficile. Et ils ne peuvent pas, absolument pas, contrevenir aux lois de l'Inde.

— Auroville ne peut entrer dans aucune loi existante. Autrement, Mère ne se serait pas donné la peine de la créer.

— Il faudra la faire entrer.

— Alors ce ne sera pas Auroville.

— Ce n'est pas possible autrement.

— Mère, elle, disait que c'était possible. Elle a créé Auroville pour briser la loi. Il faudrait peut-être savoir à qui et à quoi les Auroviliens croient et font confiance.

*

Après la distribution de cette proposition qui n'est plus secrète mais dont les motivations restent encore une énigme pour la plupart des Auroviliens, Peter (personne ne semble savoir que c'est lui qui en a donné une copie aux *Frenchies*) convoque un nouveau meeting. Deux cent cinquante personnes s'y présentent. « L'ami de Delhi » a besoin du consensus des Auroviliens pour persuader les membres du gouvernement de ne pas rendre Auroville à la *Society*. Peter y travaille.

Ils sont venus de partout. Ils s'assoient à l'indienne sur le tapis de paille de la grande salle de la bibliothèque. D'autres restent debout derrière ou sur les côtés. Les plus âgés prennent les chaises qu'on a prévues à leur égard. Plusieurs n'ont assisté à aucun *General Meeting* depuis des années. La salle est comble. On parle peu et tout bas. Même les enfants se taisent. Dourga au turban bleu, Jean le titi, Mahona, Sébastien le baraqué à moustaches, Madeleine, Janine, Raoul, Black Krishna, Georges le Tunisien à la barbe noire, Geneviève, Christophe, Sarasvati, Josiane la chef de chantier, Raphaël le potier, Ted, Maria l'architecte et tant d'autres. Ils étaient sous le banian dix ans plus tôt. Ils ont tellement besoin qu'Auroville soit. Ils se rappellent Mère : « Il devrait y avoir quelque part sur la Terre un lieu dont aucune nation n'aurait le droit de dire : "Il est à moi." » Le silence se fait naturellement. L'atmosphère est remplie de ferveur.

Puis, comme la réunion doit commencer, on réalise que Peter est en retard, que les *Frenchies* sont absents et que Maxime ne viendra pas. Personne ne semble prêt à donner davantage de renseignements sur la proposition et encore moins à en expliquer la pertinence. Julia prend alors la parole et lit une lettre dans laquelle elle demande aux Auroviliens de ne trahir à aucun prix la Charte d'Auroville et de la défendre s'il le faut, en dépit de tout « bon sens », même en dépit de la Constitution indienne.

Pendant qu'elle parle, Peter entre et vient s'asseoir devant elle. Julia termine sa lettre : « Ils nous diront que le Rêve est impossible maintenant. Ils nous diront : plus tard. Plus tard, quand nous aurons réinventé les cages que nous avions laissées derrière, quand nous serons pris au piège des compromis que nous aurons signés. »

La foule est visiblement touchée. Pas Peter. Il a depuis longtemps eu l'occasion de réfléchir douloureusement à tout cela. Il a un plan qu'il a l'intention de mettre à exécution. Il attend le moment propice.

Un des représentants, membre de l'*Executive Council*, réagit violemment à l'intervention de Julia. Il est agacé, dit-il, par les « irréalistes » inconscients des données légales et politiques du problème.

— On peut rejeter la proposition actuelle. On trouvera peut-être quelque chose de mieux, on trouvera peut-être quelque chose de pire. Des variantes. De toute façon, lance-t-il avec force, c'est l'institutionnalisation ou la *Society*.

L'assemblée reste un instant sous le choc.

— On a donc le choix entre une agonie lente et une mort subite, conclut Erik, le grand blond qui avait posé des questions embêtantes lors du meeting précédent.

Personne ne commente.

Erik fait lui aussi partie des « irréalistes ». Ils ne sont pas très nombreux. Vingt, trente, peut-être cinquante. Ils savent qu'Auroville est possible, tout de suite, sans torsion, sans compromis. Possible, malgré la *Society*, malgré les vieilles lois de propriété, malgré la Constitution indienne et toutes les autres Constitutions. Il suffirait que les Auroviliens y croient autant qu'ils y croyaient il y a dix ans sous le banian. Autant ou plus. Autrement, à quoi bon ?

— On nous donne le choix entre deux mensonges. Il faut tout refuser, s'accrocher à l'intérieur et attendre, renchérit Geneviève.

— On ne peut plus attendre ! fulmine le représentant. Ça fait des années qu'on cherche. Les membres du gouvernement doivent prendre des décisions d'ici quelques mois. On doit leur rendre une réponse et leur donner un plan d'organisation d'ici quelques semaines. L'Inde et ses gouvernants ont d'autres chats à fouetter que les querelles intestines de la Cité de l'Unité humaine !

— Depuis quand est-ce que le gouvernement de l'Inde est si pressé ? demande Jean, le titi parisien. Comme s'il n'avait justement rien d'autre à faire tout d'un coup que de s'occuper d'Auroville.

— Ne parlez pas en mal de l'Inde ! proteste une Aurovilienne d'origine indienne. Aucun autre pays au monde n'accepterait un projet comme celui d'Auroville sur son territoire.

Les réalistes et les irréalistes ont des positions clairement définies. Mais deux cents Auroviliens ne savent pas qui ou quoi il faut croire ou ne pas croire, faire ou ne pas faire, décider ou ne pas décider.

Usant de doigté comme il sait très bien le faire, Peter dit avoir très bien compris que la proposition présentée est inacceptable pour une majorité d'Auroviliens. Il demande à l'assemblée si elle est prête à essayer de trouver une meilleure solution malgré le peu de temps qui reste. La réponse ne peut qu'être positive. Peter suggère alors que dans un prochain meeting on se penche d'abord sur l'organisation interne d'Auroville puisque cette dernière, dit-il, dépend entièrement des Auroviliens et sera nécessaire quel que soit le type d'administration adopté plus tard.

Lysiane note le dérapage. Le plan d'organisation interne commandé par Delhi depuis des mois, sinon des années, n'intéresse pas les Auroviliens. Erik l'avait d'ailleurs mentionné lors du meeting précédent. Les Auroviliens s'inquiètent du statut d'Auroville, de la reconnaissance de droits de propriété à la *Society* et de la nationalisation d'Auroville. En fait, de tout le contenu de la proposition secrète. Et pourtant, Peter réussit à les convaincre de la nécessité de discuter d'organisation interne, de *monitoring body*, etc. « Comme l'a demandé l'ami de Delhi », ne peut s'empêcher de penser Lysiane. « Est-ce à ça que Peter voulait en venir ? » Pendant que l'assemblée détermine la date et l'heure du prochain meeting, Lysiane se demande si les Auroviliens ne sont pas en train de se faire rouler dans la farine.

*

À la tombée de la nuit, Lysiane Delambre fait une longue promenade sur les pistes rouges qu'éclaire la lune entre les grosses têtes des cocotiers. Elle n'éprouve qu'un horrible sentiment d'impuissance.

En rentrant, elle croise son voisin qui, lui, a déjà accepté de « composer avec la réalité actuelle de l'Inde et du monde ». Il dit :

— On s'est battus contre la *Society*, un jour on se battra contre le gouvernement de l'Inde et plus tard contre le monde entier.

— On en a pour quelques siècles, répond froidement Lysiane. Auroville sera possible dans des centaines d'années et la transformation supramentale commencera peut-être, si on a de la chance et si le gouvernement de l'Inde le permet, dans quelques milliers d'années. C'est ça ? Alors pourquoi es-tu venu perdre ta vie dans le fond du Tamil Nadu ? Pour traire des vaches et planter des radis ? Tout est possible, tout de suite. À condition d'y croire. Mais on préfère croire à la loi, aux avocats, à la Constitution, aux honorables membres du Parlement et aux substantielles subventions gouvernementales qui viendront avec l'institutionnalisation d'Auroville. Alors c'est ce qu'on aura.

— Mais arrête, Lysiane. Qu'est-ce que tu insinues ? Si on refuse l'institutionnalisation, le gouvernement redonnera Auroville à la *Society*. Ils n'ont pas le choix, c'est une loi de l'Inde, il faut bien que le gouvernement respecte ses propres lois.

— Le gouvernement, oui. Pas nous ! On n'a qu'à tout refuser. Et le gouvernement et la *Society*.

— Tu n'es pas raisonnable.

— Je ne suis pas venue ici pour être raisonnable.

*

Les assemblées se poursuivent, jour après jour et souvent toute la journée, avec une assistance toujours aussi nombreuse.

Julia, Erik et d'autres présentent des propositions d'organisation interne pour Auroville. L'ambiance est presque joyeuse par moments. Mais lorsqu'on revient aux questions de fond – statut permanent,

Society, institutionnalisation –, l'ambiance se brouille à nouveau.

Les « purs et durs », absents aux premiers meetings, réapparaissent dans les meetings suivants. Ils estiment encore être les seuls à aspirer à la Vérité, même au moment où ils sont évidemment aussi perdus que les autres, épouvantés par un retour de la *Society*, épouvantés par l'institutionnalisation et encore plus, avec raison d'ailleurs, par la combinaison éventuelle de ces deux malheurs.

À la fin d'un meeting, Julia, qui a joué toute la journée le rôle de présidente d'assemblée, regarde attentivement la foule, comme au ralenti : « Ils ne veulent plus se battre. Ils feront ce qu'on leur dira de faire, ce que Delhi et les représentants leur diront de faire », comprend-elle finalement.

À la sortie, Julia et Lysiane marchent côte à côte. Lysiane a remarqué le changement dans l'œil bleu de son amie à la toute fin de la rencontre :

— Ça va ? lui demande-t-elle.

Julia la regarde, essayant de sourire.

— On perd son temps. Les Auroviliens veulent la Paix. Et la sécurité gouvernementale. Ils feront ce qu'on veut qu'ils fassent. Là où il y a des manipulateurs, il y a des manipulés. Ce sont les manipulés qui soutiennent les manipulateurs. J'irai quand même jusqu'au bout. Il faut essayer. Si on pouvait au moins éviter de recréer à Auroville les horribles structures politiques et bureaucratiques. Mère a donné à l'humanité un espace sans loi, juste un Rêve et une Charte toute simple... Et qu'est-ce qu'on en fait ?

*

Dans les jours qui suivent, Peter organise une rencontre de cinq Auroviliens avec un jeune avocat de Madras. Julia est de la partie. Selon l'avocat, l'Acte du Parlement qui devra être adopté pour détacher Auroville de la *Society* pourra contenir ce que les Auroviliens souhaitent qu'il contienne. À l'intérieur de la Constitution indienne.

Au meeting suivant, Peter et Maxime rappellent aux Auroviliens que les « amis » ont peu de temps pour agir. Ils suggèrent qu'une délégation représentative des différents points de vue soit envoyée le plus tôt possible à Delhi afin de faire part aux « amis » des oppositions et des demandes exprimées au cours des derniers jours ainsi que du travail accompli sur l'organisation interne d'Auroville.

Après la rencontre, Lysiane se rend chez Christophe. Geneviève est absente ; elle pratique son violoncelle avec un musicien européen de passage. Christophe sait que Lysiane est très affectée par ce qu'il appelle « la politique » d'Auroville. Après la lecture de la proposition « secrète », Christophe, lui, n'a assisté à aucun meeting. Il est persuadé que c'est Delhi qui décidera de l'avenir politique d'Auroville, si Delhi n'a pas depuis longtemps déjà tout ou presque tout décidé. Il est persuadé que le remue-ménage des derniers jours n'est qu'un faux-semblant. Les deux amis s'assoient au jardin. Lysiane ne parle pas.

— Tu sais ce que m'a dit ton voisin ? lui demande Christophe qui veut la faire rire. Il m'a dit que si le gouvernement nous permettait une administration autonome, dans l'état actuel d'Auroville, il y aurait une guerre civile sanglante !

Quand Christophe éclate de rire, ses boucles rebondissent dans tous les sens. C'est lui qui fait rire Lysiane, pas son voisin. Puis il ajoute :

— Tout ça n'a peut-être aucune importance, Lysiane. Tu sais bien que ce n'est pas ça, Auroville. Heureusement que ce n'est pas ça.

— Je sais mais... c'est un peu ça aussi. C'est comme dire : la mort n'est pas grave puisqu'on ne meurt pas. C'est vrai, on ne meurt pas ; mais on meurt tout de même. Alors déclarer : ce n'est pas Auroville, c'est trop facile.

— Ce que j'essaie de dire, reprend Christophe, c'est que la Force qui agit ici ne fait pas de politique. Elle n'en a rien à foutre de la politique. Et, politique ou pas, elle continue d'agir.

— On minimise le pouvoir des structures sociopolitiques sur les êtres humains trop ordinaires que nous sommes encore. Je ne sais pas si j'ai tort ou raison, mais dans l'état de conscience où je suis, qui n'a rien d'extraordinaire, avouons-le, le retour à la *Society* m'apparaît impensable et l'institutionnalisation, mensongère, alors...

Ils se taisent.

— Si on pouvait être droit, simplement droit, dit Lysiane. Arrêter les secrets, les intrigues, les manipulations, on pourrait y voir clair. Nos « politiciens », comme tu les appelles, rivalisent et zigzaguent comme des vipères. Qu'est-ce qu'ils veulent ? Un poste dans la future bureaucratie aurovilienne ? C'est grotesque. Je suis naïve, Christophe, je suis naïve et je suis navrée. Je n'avais pas pensé que des Auroviliens puissent en tromper d'autres... Je suis très naïve. C'est grotesque aussi d'être naïf. Il faut être lucide, droit et lucide.

— Pour ça, il ne faut plus avoir de désir, Lysiane, fait remarquer Christophe. Tu en connais beaucoup d'Auroviliens qui n'ont plus de désir ? Geneviève m'a dit en rentrant du meeting que l'avocat de Madras avait été encourageant.

— Oui. On va rendre l'indispensable mensonge... convenable.

Lysiane regarde droit devant elle.

— Si, depuis le début, on avait dit la vérité aux Aurovilienș, légalement, on en serait peut-être au même point, mais on aurait évité un malheur plus grave que la *Society* ou la nationalisation. Je ne vois pas comment, après une telle confusion, on pourra se faire confiance les uns les autres.

Elle se lève, fait quelques pas.

— Tout passe, n'est-ce pas? L'Histoire reviendra sur ses pas. N'est-ce pas? Mais quand?

Après un silence:

— Cet après-midi, j'ai eu l'impression de jouer dans une pièce de théâtre qui a été jouée cent fois. Peter et Maxime parlaient tour à tour et... il m'a semblé qu'un long corridor traversait la salle. Le temps. Et tout au long du temps, on jouait la même scène. Je dis « on » parce que les acteurs n'étaient pas nécessairement les mêmes, alors que les personnages, les archétypes, eux, l'étaient: le Roi, l'Archevêque, le peuple. Puis de très loin derrière, dans le corridor du temps, est venue une vague, un rouleau puissant. C'était en fait le personnage le plus important. Il ne me vient qu'un mot: « bulldozé ». Subtilement, il a tout bulldozé. Le Destin? Le Karma? Je ne sais pas. J'ai pensé à la tragédie grecque. À l'inéluctable de la tragédie grecque. C'était décidé. Le Roi parlait avec des gestes convenus, mais ça n'avait plus la moindre importance. C'était joué, fini. Je me suis dit: « Tiens! Maintenant, il faudrait un miracle. Mais je ne crois pas que les conditions pour le miracle soient réunies. »

Lysiane resta silencieuse, puis ajouta:

— Dans une pièce de Sri Aurobindo, un des personnages affirme que le Destin est le Maître de notre théâtre mais un autre lui répond que c'est l'Âme qui décide. Est-ce l'Âme d'Auroville qui a décidé ? Je ne sais pas.

*

Trois cents Auroviliens sont réunis dans une salle du Bharat Nivas, le Pavillon de l'Inde. Ils attendent.

Trois hommes entrent, trois Auroviliens. Ils sont connus de tous. Ils étaient déjà là, dix ans plus tôt, sous le banian. Leaders de la guerre contre la *Society*, ils réclamaient haut et fort le respect du premier article de la Charte et une administration autonome pour Auroville. Aujourd'hui, ils reviennent de Delhi où ils ont eu une importante rencontre avec des « amis », membres du gouvernement.

Les trois hommes traversent la salle, l'air solennel. « Le Roi, l'Archevêque et le grand maigre aux lapins. » L'archétype qu'il incarne est pour Lysiane un peu plus difficile à cerner. Qu'importe. C'est lui qui livre le message à la foule silencieuse.

— Auroville deviendra une institution d'importance nationale.

Lysiane se lève et quitte l'assemblée.

Le vent dans les casuarinas

Lysiane Delambre rentra chez elle dans le radieux soleil de l'après-midi tropical. Elle s'assit à la terrasse et écouta le vent dans les casuarinas. Elle avait assisté à la fin du spectacle, fin qu'elle connaissait à l'avance. C'était moins une fin qu'un début raté.

Auroville appartiendrait bientôt au gouvernement de l'Inde… légalement. Auroville ne serait donc pas encore Auroville.

Elle avait espéré un miracle.

Il serait plus difficile de se défaire de la prise du gouvernement qu'il ne l'avait été de se défaire de la *Society*, pensa-t-elle. Ce n'était la faute de personne et c'était la faute de tout le monde. Sans doute. Elle y comprise. Elle aurait dû faire plus pour Auroville, s'occuper davantage des affaires collectives… En y pensant bien, elle n'était pas certaine qu'elle aurait pu ou dû faire ceci ou cela. Ce qui arrivait était la conséquence ou le reflet de l'état de conscience des êtres et des choses, de l'état de conscience d'Auroville et du Monde. « On se console comme on peut », se dit-elle enfin, lasse.

Elle réussit à ne plus penser. Une chouette vint se poser devant elle sur la branche d'un casuarina. « La liberté fait peur, reprit Lysiane. Mère, elle, était si libre qu'elle a osé rêver Auroville. Les hommes ne croient pas à la liberté. Ils croient aux lois, à l'argent et aux institutions d'importance nationale.

La foi de Lysiane était intacte. Elle avait confiance en l'Océan de lumière. Elle avait confiance en l'Avenir de la Terre. Mais qu'allait devenir Auroville ? Si les Auroviliens se mentaient les uns aux autres, se manipulaient les uns les autres, se méfiaient les uns des autres, se méprisaient ? Christophe avait raison. Ce n'était pas ça, Auroville. Ce n'était pas une *Society*, pas une institution, pas même le rassemblement de 600 êtres humains plutôt ordinaires. C'était la Présence qui emplissait le désert rouge et la manifestation progressive de cette Présence dans la matière. « Ce sera long, se dit Lysiane. La matière humaine est coriace. Il faudra être patient envers soi-même et envers les autres. » Pourtant, à une époque, les Auroviliens avaient vécu des moments intenses et merveilleux. Peut-être étaient-ils entrés, ensemble, comme par miracle, dans l'Avenir de la Terre. Peut-être avaient-ils éprouvé, ensemble, dans leur cœur et leur corps, comme par miracle, l'Unité et la Joie qui seraient plus tard l'état normal des êtres terrestres. La Grâce agit quand on l'appelle. Quand on en a besoin. Quand on n'a rien d'autre qu'elle. Les plus beaux moments d'Auroville étaient venus quand les Auroviliens avaient appelé ensemble. C'était encore possible. Ça ne dépendait d'aucun gouvernement, d'aucune *Society*. Mais les Auroviliens semblaient maintenant préférer appeler les avocats et les bureaucrates. « Alors quoi ? » se demanda Lysiane.

La chouette ne bougea pas de sa branche.

Une nuit, Lysiane se réveilla à quatre heures et alla marcher. Elle se rendit jusqu'au banian tout près du Matrimandir. Elle aimait cet arbre. Elle s'assit, se blottit près de lui. Elle sut alors qu'elle pouvait partir.

*

En quelques semaines, le retour au Québec fut fixé et organisé. Le matin de son départ, Lysiane alla marcher dans la forêt encore fragile qu'avaient plantée Dourga et les autres enturbannés de la *Green Belt*. Elle regretterait la terre d'Auroville. Elle regretterait Christophe et la gentillesse du peuple tamil. Quant à la Présence qui emplissait le désert rouge, Lysiane ne l'emportait-elle pas au fond de son cœur et de son corps ? « Le Divin est partout, ou il n'est nulle part », se dit-elle. Il lui faudrait le trouver dans l'Amérique grise qu'elle avait quittée dix ans plus tôt et qu'elle n'avait jamais aimée. Mais c'était avant, quand elle n'aimait rien ni personne, même pas elle-même. Avant. Lysiane pensa à la neige et sourit.

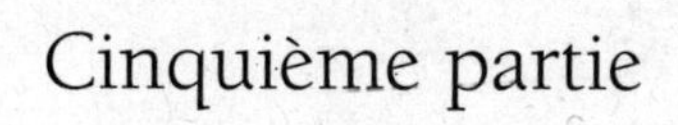
Cinquième partie

Icare

Dorval, novembre 1997

Il neigeait à gros flocons. Le commandant annonça en anglais d'abord, en français ensuite, qu'il fallait dégivrer les ailes avant le décollage. À la rangée 27, une femme d'allure encore jeune eut un charmant sourire en imaginant Icare, les ailes figées par la glace, tombant tête première dans un banc de neige. Elle repoussa son épaisse chevelure brune, la noua en chignon, ferma les yeux et se laissa glisser dans son fauteuil.

Jacques Sauvé jeta un coup d'œil discret vers sa voisine. Quelque chose dans ce corps abandonné lui rappelait son fils de cinq ans, capable de tomber endormi dans les montagnes russes. « La confiance absolue, pensa-t-il, ces êtres-là doivent posséder le gène de la confiance absolue. » Puis il remarqua le menton, un menton carré, volontaire. Il passa la main sur son propre visage et se dit qu'il avait vraiment trop de front et pas assez de menton. Il tira sur son nœud de cravate et sortit de son élégante mallette de cuir noir un dossier noir qu'il feuilleta rapidement. Comme il n'avait pas le gène de la confiance absolue, il lui fallait relire une fois de plus le compte rendu de la recherche qu'il allait présenter en France. Pourtant, il laissa encore glisser ses yeux vers l'inconnue. Cette fois, c'est à une femme qu'il pensa. Une femme qu'il croyait avoir oubliée, une femme qu'il aurait voulu avoir oubliée. Il tourna la tête, défit davantage son nœud de cravate et plongea dans sa lecture.

Lysiane Delambre ne dormait pas. Sur le vaste écran de son imagination, Icare venait de s'envoler, une fois de plus.

L'avion traversa les nuages. Derrière lui, la neige ; devant, la nuit noire et des millions d'étoiles. « En vol, songea Lysiane, on n'est presque nulle part, et on n'est presque rien. » Elle se sentait parfaitement à l'aise. Depuis le matin, elle était dans un état de neutralité qu'elle n'avait jamais connu, état qu'elle qualifiait de confortable platitude. Pourtant, avant de décider de ce voyage en Inde, elle avait éprouvé des émotions violentes et contradictoires, mais au moment de partir, plus rien, que la sensation rassurante de tout laisser en ordre.

Elle ouvrit les yeux. « De belles mains, se dit-elle en apercevant les mains de son voisin, des mains fortes aux doigts longs un peu noueux. » Elle avait toujours envie de toucher aux belles mains comme on a toujours envie de toucher aux bronzes des musées. Elle voulut voir le visage, nota au passage la cravate défaite. Au même moment, bien sûr, l'homme leva les yeux. Des yeux verts magnifiques. Lysiane sourit spontanément à tant d'intelligence, puis elle détourna poliment le regard.

Jacques Sauvé hésita un moment entre la curiosité que suscitait en lui cette femme et le sens du devoir qui l'obligeait à relire son texte.

— Vous allez à Paris ? demanda-t-il prudemment.

Lysiane Delambre hésita elle aussi. Si elle disait qu'elle allait en Inde, cela la lancerait comme d'habitude dans une conversation où elle s'entendrait répéter les mêmes banalités au sujet d'un pays qu'elle connaissait somme toute peu malgré les dix années qu'elle y avait vécues. Pour ce qui était de son expérience plus personnelle de l'Inde, en parler faisait toujours un peu mystique et prétentieux, alors elle l'évitait.

— Non. Je passerai quelques heures à l'aéroport, c'est tout.

— Et après ? continua Jacques, surpris lui-même d'insister.

Il était encore temps d'inventer une histoire pour éviter l'Inde, mais…

— Je vais en Inde.

Le regard si clair de l'homme chavira brusquement, il devint mat et violent. Lysiane sentit un gouffre s'ouvrir dans son propre cœur ; elle eut juste le temps d'appeler intérieurement à l'aide. Rien ne bougeait plus. Une chaleur blanche remplit enfin sa poitrine, la compassion peut-être ou l'amour.

L'ambiance se détendit. L'homme essayait visiblement de se relaxer. Le siège à sa gauche étant resté vide, il y posa sa mallette et son dossier. L'hôtesse apporta des écouteurs. L'homme en prit deux paires et en tendit une à sa voisine.

— Excusez-moi, dit-il, je suis allé en Inde il y a très longtemps…

Il sourit faiblement :

— Je ne m'en suis jamais remis.

— Ça ne fait rien, répondit Lysiane, croyez-moi, je peux très bien comprendre.

Puis, pour changer de sujet, elle tendit la main :

— Je m'appelle Lysiane Delambre.

— Et moi, Jacques Sauvé. Je suis physiothérapeute. Je vais en France pour des raisons de travail.

Et vous – il eut une légère hésitation –, vous travaillez en Inde ?

Lysiane se demandait s'il n'était pas risqué de revenir sur le sujet.

— Pas exactement, dit-elle. Mais il se pourrait bien que j'y étudie. Je suis scénographe, alors…

— Vous êtes artiste ; pour une artiste, ça doit être fantastique, l'Inde.

— Ce n'est pas nécessairement pour des raisons artistiques qu'on trouve cela fantastique. Vous tenez réellement à ce qu'on parle de l'Inde ? demanda Lysiane. Tout à l'heure, quand j'ai prononcé le mot, vous êtes devenu noir.

Jacques Sauvé redevint d'abord sérieux, puis il essaya de minimiser la force de sa réaction :

— Vous êtes une artiste, vous exagérez.

— À peine, répondit Lysiane.

Il y eut un court silence. Jacques eut subitement envie de raconter. Vingt-trois ans plus tôt, il s'était promis de ne jamais parler de son histoire. Jusque-là, il avait tenu sa promesse, mais à quoi bon ? Il avait suffi qu'une inconnue prononce un mot pour que… « Un peu sorcière, cette femme », pensa-t-il.

— Qu'est-ce qu'elle vous a fait, l'Inde ? demanda calmement la sorcière.

Jacques Sauvé regarda droit devant lui ; il observait son passé qui revenait.

— Elle m'a séduit, l'Inde. Elle m'a séduit, puis elle m'a volé.

Il ajouta, presque tendrement :

— Elle m'a tué, l'Inde.

*

Lysiane et Jacques étaient silencieux. Lysiane pensait à Icare, aux milliers de chutes d'Icare. Elle se revit dans la clarté du matin tropical, habillée de sa robe brodée « *made in Auroville* », portant sous un bras un matelas de coton et sous l'autre une moustiquaire bleue et quatre poteaux pour la suspendre. Après sa sortie de Jipmer, Christophe avait tenu sa promesse et l'avait gardée chez lui un mois. Puis un matin, il lui avait demandé de partir. C'était bien ainsi. Lysiane avait trouvé une piaule abandonnée. L'Inde lui avait tout volé. Tout ce qu'elle était. Mais l'Inde lui avait aussi donné trois mots, trois mots sanskrits, trois sons qui formaient un mantra : *Om namo bhagavaté*. Elle les avait répétés inlassablement. Des jours, des semaines, des mois.

— Et à vous, demanda Jacques Sauvé, qu'est-ce qu'elle vous a fait, l'Inde ?

Lysiane se tourna légèrement vers lui. À quoi bon raconter, pensait-elle. Raconter son histoire à elle ne le guérirait pas de son gouffre.

— Elle m'a tuée, l'Inde. Mais c'était bien ainsi, celle qu'elle a tuée n'était pas très heureuse.

Elle s'arrêta, regarda Jacques et reprit avec un sourire moqueur :

— Elle m'a tuée, puis elle m'a ressuscitée.

Jacques cligna rapidement des yeux, comme il le faisait toujours quand quelque chose échappait à son entendement.

— Ça semble vous avoir réussi, la résurrection, dit-il pour en savoir plus.

Comme Lysiane ne parlait pas, il reprit :

— Vous ne voulez pas en parler, je vous embête ?

— Vous ne m'embêtez pas, seulement…

Elle eut un geste d'impuissance puis…

— L'Inde m'a donné mon âme.

Elle regarda Jacques avec douceur :

— Ça fait du bien, une âme.

*

— *Do you want some drinks ?* demanda l'hôtesse à Jacques tout en poussant son chariot.

— Euh… non… oui… Un jus peut-être. C'est ça, un jus d'orange.

Et quand l'hôtesse se fut éloignée, Lysiane souffla à son voisin :

— *Chay, chay, copi, copi !* en imitant parfaitement l'intonation indienne. *Samosasamosasamosa !*

Irrésistible pour quiconque a pris, ne serait-ce qu'une fois dans sa vie, le train indien. Jacques éclata de rire. « Sympathique, la sorcière. »

Jacques et Lysiane s'étaient sentis tout de suite proches l'un de l'autre. Ils appartenaient à la même famille d'êtres. Ce n'était pas une question de génétique, de nationalité ou de culture, c'était une question de sensibilité et d'intelligence, peut-être une question de karma similaire ou commun, peut-être aussi une question de reconnaissance réciproque d'âme à âme. Qu'importait ? Lysiane avait vécu cela avec plusieurs Auroviliens, hommes, femmes ou enfants, mais au cours des dix dernières années passées au Québec, de telles rencontres ne lui étaient arrivées que trois ou quatre fois.

— Les *samosas*, dit Jacques, les *samosas*, les *chapatis* et les *mango lassis*. Au début, à Delhi, je ne mangeais que ça. Et des bananes !

Sans faire attention, il se mit à raconter. Il était arrivé à Delhi le matin du 3 novembre 1974. Il fallait marcher à la descente de l'avion. Marcher pour rejoindre les édifices de l'aéroport. Juste au-dessus de l'entrée, il y avait une mezzanine vitrée et, en levant la tête, Jacques avait aperçu des centaines de visages souriants et des bras grands ouverts tendus vers lui.

— J'ai cru que c'était pour moi, les sourires, pour moi les bras ouverts. L'espace de quelques secondes, je l'ai vraiment cru. L'Inde me soulevait dans ses bras ! C'était du délire ! J'avais à peine mis les pieds dans ce pays que déjà je délirais. Et j'étais tellement heureux de délirer !

— Après tout, commenta Lysiane, ce n'était peut-être pas du délire.

Jacques continua. Il se rendait compte que d'avoir toujours refusé de parler de ce séjour en Inde avait été une erreur. À présent, il aurait voulu tout dire d'un coup, mais en même temps il avait peur et s'attardait à des anecdotes sans grande importance.

— Je ne savais pas où aller, ni comment y aller. Juste à côté de moi, dans la foule, j'ai reconnu l'accent québécois : une fille qui avait passé plus d'un an sur les routes de l'Inde. À son retour en Amérique, on l'avait mise en quarantaine. Elle avait été très malade, une fièvre, une demi-paralysie. Pourtant elle y revenait. Elle m'a aidé à trouver un hôtel… enfin, pas un hôtel…

— Un *guesthouse*, dit Lysiane.

— C'est ça, un *guesthouse*. Ça vous ennuie, mon histoire ?

Jacques s'arrêta.

— Vous êtes restée combien de temps en Inde ? demanda-t-il brusquement.

— Longtemps, répondit-elle. Mais là où je vivais, ce n'était pas tout à fait l'Inde. Je vous expliquerai plus tard. Continuez, s'il vous plaît, j'adore les histoires.

Il se referma.

— C'est une histoire qui finit mal.

— Elle n'est peut-être pas finie, dit Lysiane.

Jacques regarda ailleurs. Lysiane attendit, puis elle demanda :

— C'est à cause de cette fille que l'histoire finit mal ?

— Oh ! non. Elle, je ne l'ai jamais revue. Elle m'a laissé devant la porte d'un *guesthouse* en compagnie d'un Américain joufflu, disciple de Krishna, qui quêtait en chantant dans les rues de New Delhi et demandait à toutes les jolies touristes de l'épouser. Quel cirque ! Avec l'argent qu'il ramassait, il nous emmenait parfois dîner dans des restaurants chic de la ville. Je me suis retrouvé à partager une chambre avec lui et deux autres énergumènes dignes de l'époque.

Jacques était surpris de se rappeler tous ces détails et y prenait plaisir. Il poursuivit :

— J'étais tellement crevé le premier jour que j'ai dormi d'un trait jusqu'au soir sur un lit de corde ! Pas confortable. Il faisait sombre quand j'ai été réveillé par ce que j'ai cru être une émeute. Des explosions de cocktails Molotov ou de je ne sais quelle bombe artisanale. Le réceptionniste du *guesthouse* a ri ! Je lui demandais : « *Is there a riot ?* » Le pauvre ne comprenait rien. Il me répondait : « *Dipawali, dipawali, dipawali.* » J'ai fini par saisir que c'était la fête de la lumière et que mes grenades et mes cocktails Molotov étaient des tonnes de pétards qu'on faisait exploser pour l'occasion !

Lysiane écoutait, amusée.

— Les pétards, les klaxons, les sonnettes... Pourtant... Je suis sorti dans la cour intérieure du *guesthouse*. Ça sentait bon. Dieu sait que l'Inde souvent... Mais, le premier soir, ça sentait bon, le jasmin, je crois. J'ai levé la tête. C'était la première fois que je voyais un ciel tropical. Toutes ces étoiles au-dessus de Delhi ! En plein milieu du vacarme, j'ai senti la paix. Une paix qui tombait des étoiles.

Il s'arrêta puis, sans regarder Lysiane, demanda :

— Vous êtes déjà allée à la baie James ?

Lysiane n'y était jamais allée.

— Eh bien, à la baie James, il y a vingt, vingt-cinq ans, avant que les Blancs n'y mettent leur arsenal de grues mécaniques, on sentait une paix. Une paix qui montait de la terre. Peut-être la paix qui existait au début du monde. Et à Delhi, ça tombait des étoiles.

Jacques souriait, l'air de se moquer un peu de sa propre poésie. Lysiane était enchantée d'avoir pour une fois en avion un voisin aussi sympathique.

— Qu'est-ce qui vous amenait en Inde ? demanda-t-elle.

— J'aurais pu aller en Chine ou en Tanzanie, dit-il. J'aurais dû aller en Chine ou en Tanzanie.

Il s'arrêta quelques secondes, mais décida de poursuivre.

— J'ai d'abord étudié en lettres. J'avais fini mes études, je voulais me dépayser. L'aspect occulto-spirituel ne m'intéressait pas, j'étais agnostique.

Il jeta un coup d'œil à Lysiane :

— Ça fait moins borné que « athée », plus intello. Je voulais voir des hommes, d'autres hommes que des Occidentaux. Et puis j'étais certainement influencé par la mode du temps. Je n'étais pas un amateur de haschich, mais j'aimais bien les Beatles. Dès mon arrivée en Inde, je suis tombé sous le charme. Un charme assez inexplicable, étant donné l'ampleur des dégâts matériels !

L'humour affleurait ici et là pendant qu'il racontait.

— Mais le charme est toujours dangereusement inexplicable, ajouta-t-il sur un ton bien différent.

Lysiane comprit qu'il avait en tête un des personnages-clés de l'histoire qui finissait mal. Jacques se tut.

*

Avant le service régulier, l'hôtesse apporta à Lysiane un « repas spécial ». Lysiane expliqua à Jacques qu'elle n'était pas gravement malade mais simplement végétarienne et, ajouta-t-elle, « pas trop gravement ».

— Vous allez dans un ashram ? demanda Jacques.

— Non, répondit Lysiane. Je suis trop sauvage pour les ashrams.

— Heureux de vous l'entendre dire, répliqua Jacques qui venait juste de recevoir son repas. Autrement, vous m'auriez coupé l'appétit.

Lysiane se garda donc d'en parler davantage. En mangeant, ils discutèrent de politique québécoise et du vieux rêve d'indépendance qui apparaissait de plus en plus anachronique dans l'ambiance actuelle de mondialisation. Ils tombèrent d'accord sur le fait que la bêtise, ce n'était pas de vouloir faire l'indépendance, mais de ne pas réussir à la faire afin de pouvoir enfin passer à autre chose. Ils découvrirent qu'ils habitaient des quartiers voisins de Montréal, qu'ils aimaient tous les deux leur métier. Il se plaignit toutefois : son travail prenait trop de place, il négligeait son fils. Pour ce qui était de sa femme, elle l'avait déjà quitté. Ils étaient en instance de divorce ; il ajouta : « Comme tout le monde ! »

— Vous l'aimiez ? demanda Lysiane.

L'hôtesse ramassa les plateaux. Jacques repoussa la planchette en prenant bien son temps, puis il dévisagea sa voisine.

— Vous pouvez ne pas répondre, dit-elle.

— Vous posez les bonnes questions, madame Delambre ! remarqua Jacques Sauvé avec un air si malicieux que Lysiane éclata de rire.

Redevenu sérieux, Jacques dit qu'il l'aimait bien, qu'il l'aimait beaucoup. Puis...

— Avant d'aller en Inde, j'ai vécu six ans avec une femme. Avec elle, tout était bien.

— Qu'est-ce que vous voulez dire, tout était bien ?

— Rien n'était jamais... compliqué. Tout allait de soi.

— Vous étiez très jeunes, non ? remarqua Lysiane. On est plus souple quand on est jeune, on a moins d'exigences, on ne compare pas avec l'homme ou la femme précédente.

— Oui, évidemment, nous étions très jeunes. Mais ce n'était pas à cause de ça.

Après un court silence, il enchaîna :

— Elle ne devait pas venir en Inde, j'étais parti seul, pour toutes sortes de raisons pratiques.

Mais une fois en Inde, Jacques avait regretté qu'elle ne soit pas là, il s'était senti coupable de vivre une expérience si rare, si forte, sans elle. Et puis elle lui manquait, tout bêtement. Alors il lui avait envoyé un télégramme. Et trois semaines plus tard, elle l'avait rejoint à Delhi.

— Dans la vie, en général, on regrette toujours ce qu'on n'a pas fait, très rarement ce qu'on a fait, mais... J'entends encore le bruit de ce télégraphe-là. Je voudrais l'arrêter.

Dès qu'elle eut posé les pieds en Inde, son amie s'était mise à avoir des expériences bizarres, spontanément, sans avoir rien cherché et sans avoir pris non plus la moindre drogue. Elle sortait de son corps, elle entendait des musiques dans sa tête... « Elle essayait de me le dire mais je ne pouvais pas l'aider, je ne comprenais rien à tout cela. » Elle avait alors acheté des livres sur le yoga, que Jacques et elle lisaient ensemble. À la mi-décembre, ils étaient descendus dans le Sud, vers Madras et puis à Mahabalipuram. « Vous connaissez ? » demanda Jacques. Lysiane connaissait bien ; toutefois, pour ne pas faire dévier la conversation, elle se garda de dire qu'elle avait vécu dix ans à Auroville, à moins de 80 kilomètres de Mahabalipuram.

— Je me sentais encore mieux dans le Sud de l'Inde, dit Jacques. Les gens étaient plus doux. À côté d'eux, j'avais l'impression d'être en béton !

Lysiane approuva :

— J'ai eu bien souvent la même sensation, dit-elle. Quand on reste longtemps là-bas, on a l'impression que notre propre corps change. Je ne sais pas si c'est vraiment le corps physique qui change, c'est peut-être ce qu'on appelle le corps subtil, mais... Mais continuez. C'est beau, non, les murales et les temples de pierre de Mahabalipuram ?

Jacques continua mais non sans avoir noté ce que Lysiane venait de dire. Elle n'allait peut-être pas dans un ashram mais elle faisait du yoga pour utiliser pareil langage.

— Oui, magnifique, dit-il. Je me souviens encore très bien des cinq *rathas*, les temples creusés à même le rocher. Quand je les ai vus, j'ai pensé à la neige. Vous savez, quand la neige recouvre les bâtiments et que tout est lié, fondu ? Ils ont réussi à faire ça dans la pierre.

Lysiane s'enthousiasma.

— Vous auriez dû être sculpteur ! Vous vous rappelez le bas-relief en hommage à Krishna et ses *gopis* ? On le voit souvent sur des cartes postales, tantôt la pierre a l'air rose, tantôt elle a l'air ocre. J'avais cru que les photographies étaient prises avec des filtres mais je me trompais. La pierre est or ou grise ou rose selon la position du soleil et le degré de luminosité.

— Je ne me souviens plus, dit Jacques, mais j'étais fasciné par tout ça…

Lysiane remarqua qu'il avait une fois de plus changé de ton. Il s'interrompit, puis :

— …si fasciné que ma vie était en train de s'effriter sans que je m'en aperçoive.

C'est du désarroi que Lysiane lut dans ses yeux. Le désarroi des êtres que l'on a trahis.

Jacques ne la regarda plus ; il se racontait à lui-même un passage de sa vie, comme pour l'exorciser. Pendant qu'il courait les rues de Mahabalipuram en photographiant les murales anciennes et les ateliers de sculpteurs de pierre, Louise, son amie, prenait des cours de hatha-yoga et de chant karnatique. C'était du moins ce qu'elle disait. Depuis qu'ils étaient dans cette ville, Jacques croyait qu'elle avait plus ou moins cessé d'avoir des expériences et des visions. En vérité, rien n'avait cessé ; elle avait arrêté de lui en parler. Elle avait trouvé quelqu'un d'autre à qui en parler. Un jour qu'ils devaient aller ensemble visiter le vieux temple du bord de mer, Louise avait brusquement décidé de ne pas y aller. Jacques s'était fâché. Il s'était rendu seul au temple à moitié inondé. Dans une chambre minuscule, une sculpture de pierre noire, le corps allongé de Vishnou, l'avait troublé. Il avait attendu que les autres touristes s'en aillent pour le toucher. « La pierre était vivante. Et elle pouvait m'aider. Moi aussi je commençais à halluciner. »

En rentrant à l'hôtel par la plage, Jacques avait trouvé son amie qui l'attendait en compagnie d'un homme, un Européen. « Je les voyais à contre-jour dans le soleil couchant, tous les deux habillés à l'indienne, tout en blanc. J'avançais vers eux mais j'étais anesthésié. Louise n'avait jamais porté de sari avant. Elle m'a parlé mais... je n'entendais rien. L'homme m'a tendu la main. J'ai regardé la main. Et quelque chose au-dedans de moi a dit « non ». L'homme a retiré sa main. Je suis parti. Louise a fait un mouvement pour me suivre mais l'homme l'en a empêchée. En m'éloignant, j'entendais une voix feutrée parler très bas. Trois jours plus tard, ils sont partis ensemble vers le Kerala. Je n'ai jamais revu Louise. »

*

Dans l'avion, on venait d'éteindre les lumières. Jacques demanda à Lysiane si elle voulait regarder le film ou dormir. Elle étendit le bras pour allumer un des plafonniers. Jacques la regarda et lui sourit :

— Vous êtes patiente ?

— Non, pas du tout, je suis curieuse.

— Comme ça, on dirait la fin banale d'une histoire d'amour mais ce qui s'est passé sur cette plage n'était pas banal. Ça a fait « non » en travers de la poitrine. Et je ne sais pas vraiment à quoi.

Lysiane avait eu deux fois dans sa vie des « non » semblables à celui-là. Dans les deux cas, elle était en présence d'un homme qui possédait des pouvoirs occultes et essayait de la manipuler. Dans les deux cas, elle n'avait pas décidé mentalement de dire non, mais quelque chose au-dedans d'elle avait dit « non ». Un non qui avait eu, dans les deux cas, le pouvoir d'annuler sur-le-champ l'agression. Vraisemblablement, ce non venait d'une conscience intérieure qui dépassait la conscience mentale habituelle. Mais Lysiane se dit que la comparaison entre ses expériences à elle et celle de Jacques était peut-être un peu hâtive, et lui en parler aurait pu être maladroit. Elle voulut d'abord en savoir davantage.

— Vous avez revu cet homme, vous savez qui il était ? demanda-t-elle.

— Je l'ai revu bien malgré moi, dit Jacques. Après la rencontre de la plage, il n'était plus du tout discret. Il venait chercher et reconduire Louise à l'hôtel. Il se faisait appeler Nataraj.

— Rien que cela ! remarqua Lysiane. C'est le nom de Shiva danseur.

— Il aurait pu être danseur. C'était un bel homme, fin trentaine, un peu efféminé. Une démarche de félin. On sentait chez lui un constant souci de charmer, d'impressionner. Il parlait lentement après avoir longuement laissé descendre l'inspiration des hauteurs. Même pour des banalités. Il avait quelque chose d'onctueux. Je ne pouvais pas le supporter. Louise me raconta qu'il vivait dans une commune du Sud de la France mais venait tous les hivers rencontrer des gurus, visiter des ashrams, approfondir sa connaissance yogique. Il lui avait soi-disant expliqué presque toutes ses expériences. Il l'avait persuadée que c'était à cause de ses nombreuses incarnations indiennes que son être avait si fortement réagi à son arrivée dans ce pays. Il lui avait aussi dit qu'elle avait une âme très ancienne et qu'elle était prête à recevoir une connaissance supérieure. Il voulait lui faire rencontrer un grand maître à Aranmula, un petit village du Kerala. Bien sûr, elle m'avait assuré qu'il n'y avait rien d'autre entre eux que le spirituel, et que je pouvais y aller avec eux si je le désirais. Je ne comprenais pas que Louise puisse tomber dans un piège aussi grossier. C'était pourtant une fille intelligente.

— Les pires sectes sont remplies de gens intelligents à qui on a dit qu'ils avaient une âme très ancienne et qu'ils appartenaient à l'élite de l'humanité. C'est le blablabla habituel de tous les apprentis gurus. Et ça marche !

— Je ne suis pas le seul à ne pas aimer les gurus ! dit Jacques, étonné de la réaction prompte de Lysiane.

— Je n'ai rien contre les gurus. Je n'aime pas les mauvaises imitations. Le meilleur guru est à l'intérieur de nous. Mais, sourit-elle, c'est un grand guru qui me l'a appris ! Évidemment, quand on a, comme votre amie, toutes sortes d'expériences tout d'un coup, on peut comprendre que l'on cherche de l'aide, non ?

— Oui. J'étais prêt à fouiller toute l'Inde pour trouver de l'aide. On m'avait parlé d'une femme qui vivait au Nord, j'ai oublié son nom. On en disait le plus grand bien. J'ai offert à Louise de retourner là-haut. On m'avait aussi parlé d'un ashram à Pondichéry, tout près de Mahabalipuram. J'étais prêt à tout mais pas à partir avec ce type-là. Elle m'a dit que la jalousie m'aveuglait, m'empêchait de voir Nataraj comme il était. Elle m'a dit aussi que jusque-là, j'avais été son guru : c'était grâce à moi qu'elle était venue là. Mais sa vie désormais était en Inde et elle devait se laisser guider par Nataraj jusqu'à la prochaine étape. Le Divin l'avait mis sur sa route.

Jacques respira profondément.

— Ce n'était plus elle qui parlait, j'écoutais le perroquet de Nataraj. J'étais malade, physiquement malade. La fièvre. J'avais hâte qu'ils s'en aillent.

Après un très long silence, Jacques ajouta :

— Il n'y a jamais eu de grand maître à Aranmula, tout au plus un *swami*. Et Nataraj n'y a sans doute jamais mis les pieds.

Lysiane était abasourdie par la tournure de l'histoire.

— Vous êtes allé à Aranmula et vous n'avez trouvé personne, c'est ça ? interrogea-t-elle.

— Oui, c'est ça. Je me sentais tellement coupable. Le lendemain de leur départ, j'ai pris le train. Comme je n'avais aucune réservation, je voyageais en troisième classe dans des wagons bondés, crasseux, avec une fièvre de cheval. Aranmula était un tout petit village. Je n'ai rien trouvé, rien ni personne. J'étais paniqué. J'ai envoyé un télégramme à la sœur de Louise. J'ai attendu une réponse. Personne ne savait où elle était. Je ne pouvais plus supporter ce pays. Autant les sourires du premier matin à Delhi m'étaient apparus accueillants, autant j'avais l'impression que toutes les foules aux dents blanches me riaient au nez. Ma peine d'amour avait l'air d'un caprice de riche dans ce pays infirme et puant. Et en même temps, elle était bien trop charnelle pour tous ces yogis et ces *sanyassins*. Qu'est-ce qu'une peine d'amour dans la blancheur du Nirvana ? Une saleté. Attachement et illusion. Je ne voulais plus sentir ni les dieux ni les diables ; je ne voulais plus entendre parler ni de vies antérieures ni de karma. J'étais juste un homme avec un corps rempli de fièvre, un cœur amputé et un cerveau qui déraillait de plus en plus. J'avais besoin de mesures humaines. Je suis rentré et j'ai essayé d'oublier.

Jacques se tut. Par délicatesse, Lysiane détourna le regard. Plus tard, elle demanda :

— Et Louise ?

— Louise est morte, répondit calmement Jacques. Elle est morte d'une typhoïde dans un ashram du Kerala. Un an plus tard.

Jacques regarda l'écran de cinéma. On y projetait *The Game*, un film américain chargé d'effets spéciaux. « Notre vie ressemble souvent à un mauvais film », dit-il. Au même moment, il remarqua qu'il n'éprouvait plus ni tristesse ni colère.

Dans le vaste ciel de son imagination, Lysiane, elle, aperçut Icare, les ailes déjà en feu, se jeter encore obstinément vers la lumière.

*

Quand elle ouvrit les yeux après une ou deux heures de sommeil, Lysiane Delambre vit les belles mains de son voisin tourner la dernière page de son document.

— Elle ne finit pas si mal, votre histoire, dit-elle.

Jacques cligna des yeux.

— Mais Louise est morte, répliqua-t-il.

— Oh, jusqu'à maintenant, ça finit toujours comme ça un être humain : ça meurt. Elle est morte en Inde d'une typhoïde, elle aurait pu mourir au Québec d'une pneumonie double ou d'un accident de voiture.

Elle fit une pause, puis :

— Je suis persuadée qu'elle voulait mourir en Inde.

Jacques cligna à nouveau des yeux.

— Vous aussi, vous voulez mourir en Inde, dit-il.

Lysiane eut un léger sourire.

— Pourquoi ? demanda Jacques.

— Je ne sais pas exactement pourquoi, répondit Lysiane. Pourtant, quand je pense à la mort, je veux mourir en Inde. Absolument.

— Pourquoi penser à la mort ?

— Je trouve ça… intéressant. Je ne comprends pas que des êtres mortels refusent de penser à la mort. La mort fait partie de nos vies. Imaginez un seul instant que les hommes ne meurent pas. Imaginez que vous êtes condamné à vivre 3000 ans ! Quand je dis « penser à la mort », je ne veux pas dire penser sentimentalement à la mort, mais regarder la mort en face, comme une expérience, comme un phénomène à saisir, un mécanisme qui, s'il ne nous tue pas complètement, disons spirituellement, nous expulse temporairement de la matière… certains diraient nous libère de la matière, mais la liberté suppose la maîtrise, et dans ce cas… la maîtrise de la mort, la mort à volonté et donc aussi la vie à volonté. Enfin…

— Vous croyez, bien sûr, en la réincarnation ?

— C'est moins une question de croyance qu'une question d'expérience. Si un jour il vous arrivait, peut-être cela vous est-il déjà arrivé, de vous rendre compte que votre conscience peut exister en dehors de votre corps, ce jour-là, vous pourriez bien commencer à croire que cette conscience pourrait éventuellement habiter un autre corps. Mais dites-moi, est-ce que Nataraj était lui aussi dans cet ashram du Kerala ?

— Non. Selon ce que Louise a écrit à sa famille, Nataraj est rentré très rapidement en France.

— Raison de plus pour croire que l'histoire finit bien. Il ne m'inspirait pas confiance, celui-là.

— J'espère que vous avez raison, dit Jacques, et que pour elle, l'histoire finit bien. Ce que vous me dites me rassure. Mais pour moi, l'histoire finit mal. Je voulais vivre avec Louise, vivre toute ma vie avec elle. C'était ma femme, vous comprenez? Et je l'aurais sans doute suivie dans n'importe quel ashram, même avec Nataraj, s'il n'y avait pas eu ce blocage sur la plage.

Lysiane parla alors de ses expériences de « non » très similaires aux siennes. Puis elle dit :

— J'ai du mal à croire que ce « non » ait été une erreur. Nataraj était peut-être plus dangereux pour vous que pour elle. Ou peut-être que Nataraj n'était qu'un prétexte pour vous aider tous les deux à vous séparer.

— Pour qu'elle puisse accomplir ses destinées spirituelles? demanda Jacques avec ironie.

— Et vous, les vôtres, répondit franchement Lysiane.

Le jour se levait, on approchait des côtes de l'Europe. L'hôtesse apporta le petit-déjeuner. Il y avait de la confiture de framboises. En la prenant, Lysiane se rappela la confiture sans goût et sans nom des restaurants indiens. « Évidemment, se dit-elle, ce n'est pas pour la confiture qu'on veut vivre et mourir en Inde ! » Jacques réalisa soudain qu'il ne savait presque rien de cette femme qu'il n'allait peut-être jamais revoir. Il la regarda intensément ; comme pour fixer chacun de ses gestes dans sa mémoire. Il n'avait plus regardé un être humain de cette façon depuis vingt-trois ans. Même pas son fils. Au même moment, Lysiane se tourna vers lui, et voyant qu'il n'avait rien bu ni mangé :

— Si vous ne buvez pas votre café maintenant, il sera trop froid.

— C'est bien ce que je me disais, répondit Jacques.

*

Après le petit-déjeuner, Jacques fit une dernière tentative pour briser le silence de sa mystérieuse voisine à propos de son séjour en Inde.

— Vous ne voulez rien me dire de vos aventures en Inde ? demanda-t-il.

— Je vous ai dit le plus important, répondit Lysiane.

Mais elle baissa les yeux.

— À l'exception d'une histoire d'amour. Vous connaissez Auroville ?

Jacques Sauvé connaissait l'endroit de nom. Il avait entendu parler en Inde de la ville en forme de galaxie. Louise et lui avaient prévu s'y rendre après leur séjour à Mahabalipuram. Mais la rencontre du trop charmant Nataraj avait tout compromis.

— J'ai vécu dix ans là-bas. De 1977 à 1987. Depuis, j'ai voulu y retourner. Mais Auroville avait changé. Et moi aussi.

— Dix ans ! s'exclama Jacques. À l'époque, c'était un projet très controversé. On ne savait pas trop si on devait le classer dans la catégorie ashram ou Club Med.

— De ce côté-là, ça n'a pas beaucoup changé, répondit Lysiane. Je crois, aussi aberrant que cela puisse paraître, que c'est un peu les deux à la fois et… encore autre chose. Vous avez déjà lu *Les villes invisibles* d'Italo Calvino ?

Jacques fit signe que non.

— Calvino y décrit vingt ou trente, ou je ne sais plus combien de villes, toutes plus fantastiques les unes que les autres. En réalité, Calvino ne décrit que Venise. On pourrait faire la même chose avec Auroville et toutes les versions seraient aussi vraies les unes que les autres. Un Québécois y était venu en visite dans les années 80. En rentrant à Montréal, il a déclaré être allé aux portes de l'enfer ! Et pendant ce temps-là, moi, je vivais dans le même endroit les plus belles années de ma vie. Vous me direz que toute la Terre est comme cela. Sans doute. Mais dans un microcosme comme Auroville, on s'en rend compte plus facilement.

Le discours de Lysiane était trop abstrait pour la curiosité pratique de Jacques Sauvé.

— Mais qu'est-ce que c'est devenu ? demanda-t-il. Elle est toujours là, la galaxie ?

— Elle n'est pas là, la galaxie. Ou en tout cas, elle est encore invisible pour les yeux. Il y a de plus en plus de touristes et, comme il y a trente ans, ils cherchent encore les buildings. Avant, Auroville était un désert avec quelques huttes ici et là ; la dernière fois que j'y suis allée, c'était une forêt, avec quelques maisons ici et là.

— Il n'y a pas de ville alors ? Pourquoi est-ce que ça ne marche pas ?

— Voyez-vous, je ne suis pas sûre que ça ne marche pas. On a toujours dit qu'Auroville ne marchait pas. En 1968, même avant l'inauguration, on disait que ça ne marchait pas ! Un jour, un disciple de Mère – Mère est la fondatrice d'Auroville, elle s'appelait Mira Alfassa mais en Inde on appelle « Mère » toutes les femmes qui ont une grande réalisation spirituelle et sont identifiées à la Mère Divine –, le disciple de Mère, donc, m'a écrit : « Auroville n'est pas une ville à construire, c'est le vieux mensonge à démolir en chacun de nous. » Il disait mensonge en parlant de l'inexorable programmation de l'espèce humaine. La programmation qui nous fait recréer les mêmes modèles d'existence et de relations, à quelques variantes près, génération après génération, millénaire après millénaire, en dépit de tous nos grands idéaux. Je vous casse la tête ?

— Non, dit Jacques. Mais la ville alors ?

Lysiane rit. Jacques aussi.

— Construire une ville est après tout peu de chose, continua Lysiane. Les hommes savent faire cela depuis le néolithique. On a fait Chandigarh et Brasilia en criant lapin ! Enfin... presque. Mais si une ville doit être l'expression de l'unité humaine, je ne parle pas d'un vague idéal dont on discute dans des conférences internationales, mais d'une unité éprouvée dans son cœur et dans son corps, d'une unité perçue comme un fait réel, alors c'est beaucoup plus difficile. Parce que pour percevoir l'unité, il faut changer de conscience. Et pour exprimer l'unité, il faut bouleverser toutes nos habitudes de pensée et de vie. C'est fait pour ça, Auroville. Alors on ne sait pas comment faire, on y va à tâtons. La seule chose qu'on sait, c'est qu'on est encore bien loin du but. Mais est-ce une raison pour abandonner l'expérience ? Tant qu'il reste des gens sincères, je crois qu'il faut continuer malgré tous les impossibles.

Lysiane fit une pause, puis reprit :

— On pourrait aussi dire : Auroville est une formidable énergie qui se marie lentement à la matière terrestre. Un jour, elle pourrait bien avoir l'air d'une ville en forme de galaxie. Il faut être patient. En 1977, quand je suis arrivée là-bas, j'ai rencontré un Québécois qui connaissait Auroville depuis sa fondation. Il m'a dit : « N'y va pas, c'est fini. Ils se battent là-haut. » Auroville étant sur un plateau, les gens de Pondi disaient « là-haut ». J'y suis quand même allée. C'était vrai, ils se battaient, ils s'envoyaient même en prison.

— Pourquoi est-ce qu'ils se battaient ?

— Ça ! Il y a plusieurs versions à l'histoire ! Peut-être simplement parce que c'était des hommes et que les hommes se battent. Ça fait partie de leur programmation. Chose certaine, ils n'avaient pas trouvé l'unité, la clé de l'unité. Et on pourrait ajouter que les Auroviliens, n'ayant pas encore trouvé la clé de l'unité, ne réussissent pas à construire la ville de l'unité. Mais en même temps, la construction de la ville est le moyen qu'on leur a donné pour trouver cette clé. Vous me suivez ? demanda-t-elle. Alors, c'est long ! Et parfois complètement loufoque. En 1987, on était 600, aujourd'hui, ils sont 1400. On pourrait les remplacer par 1400 autres, ce serait à peu près pareil. Là-bas, on a l'impression d'observer l'humanité avec une grosse loupe. On dirait une gigantesque caricature de l'espèce humaine !

— C'est une énigme, votre histoire, remarqua Jacques. Vous vous êtes battus pour vrai ?

— Oui, répondit Lysiane. Il y a eu peu de violence physique. Mais les plus grandes batailles ne sont pas nécessairement physiques.

— Avouez que ce n'est pas reluisant, des gens qui viennent construire la ville de l'unité humaine et qui se font jeter en taule les uns par les autres.

— Ah ça, je n'ai pas dit que c'était reluisant. Ça prouve une fois de plus que l'ego et la soif du pouvoir ont vite fait de se débarrasser d'un idéal trop encombrant. Ou plutôt, ils aiment bien s'appuyer sur cet idéal et l'utiliser à leurs propres fins. C'est d'ailleurs, on le sait bien, l'histoire de presque toutes les religions. On se réclame d'une pensée mais en pratique, on accomplit son contraire. Et on trouve en plus le moyen de se justifier en s'appuyant une fois de plus sur la pensée même qu'on trahit !

— C'est ce qui est arrivé à Auroville ? demanda Jacques.

— À peu près. Et c'est encore ce qui menace le plus Auroville aujourd'hui, sous d'autres formes et sous d'autres prétextes.

— Mais qui se battait contre qui ?

Lysiane Delambre demeura un moment pensive.

— Auroville semble prisonnière d'une malédiction de division, alors que son but même est l'unité. Avant même l'inauguration de février 1968, de fortes rivalités existaient déjà entre des disciples intéressés par le projet. Bientôt ce fut entre les architectes que la tension monta. Puis entre les jeunes Auroviliens et l'architecte principal. Puis entre les administrateurs de la *Society* et les Auroviliens, puis entre les Auroviliens rebelles et les Auroviliens neutres, puis entre les Auroviliens rebelles... à l'infini. La malédiction qui pèse sur Auroville n'est peut-être que la malédiction qui pèse sur toute l'humanité : la malédiction de vivre dans une conscience mentale dont l'essence même est la dualité et la division.

Elle s'arrêta un moment.

— Évidemment, c'est de loin la bataille entre les propriétaires légaux d'Auroville et les Auroviliens qui a fait le plus de bruit et de ravages.

Et elle raconta à Jacques les grandes étapes de la bagarre : les occupations de terrains et de maisons, la prison, la tutelle temporaire, le procès.

— Si vous me demandiez aujourd'hui qui avait tort et qui avait raison, je vous répondrais : les gens sincères avaient raison. Quant à moi, je referais les mêmes choix.

— Et comment ça s'est terminé ? demanda Jacques.

— Quand j'ai quitté Auroville en 1987, la plupart des Auroviliens s'étaient résignés à l'institutionnalisation. Ce qu'on voulait éviter à tout prix, c'était de se retrouver à la fois avec le gouvernement et la *Society*. Ce ne fut pas facile ! Jusqu'à la dernière minute, les représentants d'Auroville ont dû se battre et intercéder auprès des plus hautes autorités de l'Inde pour qu'Auroville se libère de ses premiers propriétaires. Ils se cramponnaient. En 1988, le gouvernement a retiré Auroville des mains de la *Society* et en est devenu le nouveau et unique propriétaire. Ensuite, il a créé une Fondation à laquelle il a remis les biens et l'administration d'Auroville.

Lysiane Delambre fit une courte pause et, avec un léger sourire :

— Le nouveau propriétaire d'une ville qui n'appartient à personne.

Jacques Sauvé essaya de réfléchir.

— Ça n'a pas l'air de trop vous abattre ?

— Écoutez bien, rétorqua Lysiane. Au premier article de la Charte, Mère a écrit : « Auroville n'appartient à personne en particulier. Auroville appartient à toute l'humanité dans son ensemble. » Ailleurs, elle a dit avoir créé Auroville pour éviter une troisième guerre mondiale. Je n'avais jamais fait le lien entre ces deux affirmations mais un jour, j'ai vu un film sur la Deuxième Guerre mondiale. Les Japonais et les Américains se disputaient une île minuscule en plein milieu du Pacifique. Et devant les cadavres de ses hommes, un lieutenant disait : « Tout ça pour la propriété. » Alors les deux choses se sont connectées dans ma tête : un endroit qui n'appartienne à personne en particulier pour éviter une troisième guerre mondiale. Presque toutes, sinon toutes les guerres sont des guerres pour la propriété ; et presque essentiellement pour la propriété du territoire. Même les guerres de religion. On tient ça des bêtes.

Après un bref silence, elle ajouta :

— Le Conseil d'administration de la Fondation d'Auroville est chargé de faire respecter la Charte. L'Inde est un pays plein de surprises. Peut-être qu'un jour, après avoir protégé la naissance d'Auroville, l'Inde la donnera d'elle-même à l'humanité tout entière.

— Vous croyez ? demanda Jacques.

— Qui sait ? Quand la décision de nationalisation a été prise, j'étais triste. L'humanité avait dit non au Rêve, non à l'Avenir. Par inconscience, par incapacité. L'humanité allait recréer ses vieilles structures, ses vieilles habitudes, ses vieilles illusions de progrès confortable. Je dis l'humanité et pas seulement les Auroviliens. Les Auroviliens ne sont que des échantillons de l'humanité. Et je dis aussi que je faisais partie de cette humanité. Et puis j'ai compris qu'il faudrait être patient.

Elle se tourna vers le hublot et reprit :

— Avec l'arrivée du gouvernement, tout le monde, membres ou amis de la fameuse *Society*, Auroviliens neutres, rebelles, a dû accepter de vivre ensemble pour le meilleur ou pour le pire. Un faux-semblant d'unité. Mais peut-être… un moindre mal ou un mal nécessaire. Il ne fallait pas s'attendre à ce que l'arrivée du gouvernement transforme les consciences.

— Et maintenant ? demanda Jacques.

— Maintenant… je ne sais pas, répondit Lysiane. Il y a quelques années, le grand élan vers « l'impossible rêve » semblait s'être transformé en course aveugle vers la réussite matérielle, le confort et, pourquoi pas, la gloire. D'oiseaux sauvages qu'ils étaient, les Auroviliens ressemblaient de plus en plus à des oiseaux de basse-cour. Et ils étaient si fiers de leur basse-cour. Ils cultivaient leurs entreprises et leurs relations, construisaient des villas de plus en plus luxueuses et regardaient la télé. À ma dernière visite, un de mes meilleurs amis m'a dit : « On est en train de construire une Auroville de pacotille. » Cette Auroville de pacotille existe. On ne peut pas le nier, elle saute aux yeux et elle se croit très importante.

Lysiane regarda Jacques avec une telle intensité qu'il en resta confus. Elle baissa les yeux et dit dans un sourire plein de tendresse :

— Tout n'a pas encore été dit. Ce n'est qu'une version d'Auroville. Il y en a d'autres, plus secrètes, plus puissantes. Auroville a été conçue pour accélérer l'Évolution. Je ne crois pas que l'homme ait demandé la permission au singe pour naître.

Jacques hésita, souriant lui aussi. Il demanda :

— Vous aimez cet endroit, pourquoi ne plus y vivre ?

Lysiane Delambre boucla sa ceinture :

— Nous n'avons sans doute plus rien à faire ensemble. Pour le moment. Et puis… quand on aime trop, on perd ses ailes.

L'avion amorça sa descente vers Paris.

*

À la sortie de l'aéroport de Madras, il pleuvait des cordes. Lysiane aperçut, flottant au-dessus de la foule entassée sous la pluie, un carton blanc où étaient écrits son nom et celui d'Auroville. Un chauffeur de taxi l'attendait. Il s'appelait Shiva.

Des centaines d'hommes et de femmes à moitié nus pataugeaient dans l'eau sale sous de grands parapluies noirs que le vent arrachait. « Pourquoi est-ce que j'aime tant ce trou de boue ? » se demanda-t-elle.

Cédant à la fatigue, elle s'allongea sur la banquette, la tête posée sur un sac à dos qui l'accompagnait déjà à sa première visite en Inde. Les objets aussi ont leur destin. À peine allongée, une Douceur infinie la prit tout entière dans ses bras. « Oh ! Mâ… Mâ ! murmura-t-elle, c'est pour Toi que l'on revient en Inde. »

Achevé d'écrire à Auroville, le 03. 03. 03

En format de poche
aux Éditions Triptyque

Andrès, Bernard. *Les Mémoires de Pierre de Sales Laterrière* suivi de *Correspondances* (édition commentée), 2003, 320 p.

Des Rosiers, Joël. *Métropolis Opéra* suivi de *Tribu* (poésie), 2001, 192 p.

Des Rosiers, Joël. *Savanes* (poésie), 2007 (1993), 101 p.

Desrosiers, Sylvie. *Bonne nuit, bons rêves, pas de puces, pas de punaises* (roman), 1998, 201 p.

DesRuisseaux, Pierre. *Pop Wooh, le Livre du temps. Histoire sacrée des Mayas quichés* (récit), (trad.), 2002, 252 p.

DesRuisseaux, Pierre (sous la dir. de). *Hymnes à la Grande Terre. Rythmes, chants et poèmes des Indiens d'Amérique du Nord-Est* (poésie), 1997, 265 p.

Dudek, Louis. *Dudek, l'essentiel* (poésie), (trad.), 1997, 236 p.

Dugas, Marcel. *Psyché au cinéma* (poèmes en prose), 1998, 104 p.

Gagnon, Daniel. *Loulou* (roman), 2002, 158 p.

Giroux, Robert. *Soleil levant* précédé de *Gymnastique de la voix* (poésie), 2004, 119 p.

Gobeil, Pierre. *La Mort de Marlon Brando* (roman), 1998, 135 p.

Gosselin, Michel. *Le Repos piégé* (roman), 2000, 188 p.

Jacob, Diane. *Le vertige de David* (roman), 2007, 152 p.

Layton, Irving. *Layton, l'essentiel* (poésie), (trad.), 2001, 195 p.

Moutier, Maxime-Olivier. *Risible et noir* (récits), 1998, 164 p.

Moutier, Maxime-Olivier. *Marie-Hélène au mois de mars* (roman), 2001, 218 p.

Nelligan, Émile. *Poésies* (poésie), 1995, 303 p.

Patenaude, Monique. *Made in Auroville, India* (roman), 2009 (2004), 251 p.

Poitras, Marie Hélène. *Soudain le Minotaure* (roman), 2009 (2006, 2002), 152 p.

Poitras, Marie Hélène. *La mort de Mignonne et autres histoires* (nouvelles), 2008 (2005), 200 p.

Vaillancourt, Claude. *Le Conservatoire* (roman), 2005, 196 p.

Tous les livres des Éditions Triptyque sont désormais imprimés sur du papier 100 % recyclé postconsommation (exempt de fibres issues des forêts anciennes) et traité sans chlore.

L'impression de *Made in Auroville, India* a permis de sauvegarder l'équivalent de 5 arbres de 15 à 20 centimètres de diamètre et de 20 mètres de haut. Ces bienfaits écologiques sont fondés sur les recherches effectuées par l'Environmental Defense Fund et d'autres membres du Paper Task Force.

Québec, Canada
2009